U0033998

螫米殺機

牙醫偵探

海盜船上的花——著

推薦序　一

怎麼說第一次幫人寫推薦序，一口氣把整本小說看完中間沒有冷場，許多場景都是牙科醫師的日常，隨著緊張的劇情也讓讀者稍稍了解眾人欣羨醫師生活的背後辛酸，隨著故事主人的腳步，能讓一般民眾了解到正確的口腔醫學知識，跟許多只有牙醫才懂的冷知識推理。

現實中的醫師也的確都是偵探，得在臨床很有限的線索下推斷出到底問題源頭在哪裡，才能給予正確的治療。臨床上的治療是一回事，但更重要的是找到問題的根源，在普羅大眾常常只在乎有沒有治療的當下，有時候卻忽略了診斷（發現問題）的重要性。

求學過程「法醫學」是牙科的必修科目，牙科鑑識也在科學鑑識上佔有一定的重要性，而主人翁把這份推理能力同樣運用在一些微小的線索上，不禁佩服作者把牙科知識帶到破案關鍵的巧思。隨著故事越來越精彩的進展，抽絲剝繭越接近真相，也跟著主人翁捲入這駭人聽聞的案件。

「沒有人不會犯錯」，有黑也有白，而每個人都有他背後的血淚故事，書中鮮明的角色都在這樣的現實與理想矛盾中掙扎著，這樣的人物設定讓我更容易把書中人物投射到自己與身邊的朋友。每個人都會犯錯，但光是能做到「不貳過」也許就有機會成就不凡。

盾牌牙醫史書華／環球牙醫診所院長／Taoi台灣植牙醫學會理事　史書華

推薦序 二

海盜船上的花與我結緣在二〇一七年的寒假，她參加了我的出版講座活動。

其實每次舉辦寫作相關的活動，我都會懷疑，真的可以幫助多少人呢？好險，每年總有四五個學員夥伴捎來出版或得獎的好消息，使我能感覺到助人往寫作之路前進的踏實感。

很高興這次輪到了海盜船上的花。

讀完她的大作《牙醫偵探：鳌米殺機》，不想只是例行地說說好話，我更想聊聊讀者該怎麼讀這篇故事。

第一，看結構。

故事十五個章節的配置，隱隱有條理性邏輯的劇情線在牽動著。在閱讀時，感受劇情線、從旁思考作者的編排心意，是喜歡解析故事的人的一大樂趣。

第二，看謎題。

隨著故事一頁頁翻過，情況也不停反轉再反轉。完全可以想像海盜船上的花一定為了想謎、設局、埋線熬出了好幾根白髮。讀者也可以跟著劇情猜測，到底真相是什麼？到底真兇是誰？

第三，看行文。

故事猶如《大佛普拉斯》般的黑色喜劇。字句間不時穿插一點冷冷的、荒誕的嘲諷對話，是故事中閃現的碎鑽。為解謎與推理的冷硬多了一些潤滑。

而文字的遣用多是寫戲寫劇情寫曲折。讀來不像小說，反倒覺得是為了拍成電影而寫的故事，由此也可以看出當下的時代書寫特徵。

以上是我為作品寫的簡易看點介紹，還不到導讀這麼正式，但至少讓要進入故事的讀者，知道可以用什麼角度欣賞這個故事。

寫作之路很長，這是海盜船上的花的第一本書。很肯定的，她的夢想旅程才正要開始。祝福她，能用寫作，慢慢寫出自己的一生。也請握著書的您，慢慢欣賞每位創作者最難能可貴的，人生第一部作品。

小說教學網「故事革命」創辦人 李洛克

推薦序 三

創作是個很孤獨的事，總是在自導自演，自言自語的過程中，搞到自己精神分裂。偏偏這檔事又得耗去好幾個日夜，在最後一個字落筆前，都不敢妄想，前面還有多少的路途才是終點。

海盜船上的花是我大學的學妹。當她完成這本小說後，透過系上的朋友，詢問我是否能夠幫她寫一篇序文，這讓我有些受寵若驚。

雖然，在學生時代的我，也曾經下筆創作，並發行幾本網路愛情小說。然而，隨著年級增長，發現自己擠不出時間，也靜不下心去創作，於是在大五見習時，發表了最後一本小說《愛情滯留鋒》後，就停止了創作的事情。

所以，當我聽到她在畢業之後，開始牙醫師的執業生涯的同時，還能刻鑿出這本燒腦的小說，實在深感佩服。

故事的開頭，先是用一連串貼近真實牙醫師生活的橋段，引導讀者融入各角色的設定，還不忘藉著對話，置入一些基本的衛教觀念，完全善盡一個牙醫師的社會責任。

除此之外，隨著故事進展，還說出了不少職場上的暗黑心裡話。看在同行的眼中，更是心有戚戚焉。而在主角段仕鴻解謎的過程中，也搭配著在大學時代，所學習到的牙科知識，讓我懷念起求學時的那些過往，充滿懷念的氣味。

作為一本懸疑小說，環環相扣的燒腦情節，在撥開迷霧揭發真相的曲折，自是少不了的元素。讀到後面幾章，也會隨著書中的氛圍，不由自主心跳加速。這部分，我不便劇透太多，還是讓各位讀者好好去品味吧。

愛情故事作家／台大口腔病理博士 LMarch

推薦短語

牙醫師，台灣社會上普遍認定的好職業，透過海盜船上的花發想創作之下，展開一連串驚心動魄的社會推理案件。本書將用寫實的筆觸，記錄牙醫師日常的看診應對和社會經驗，這不僅僅是單純的偵探推理小說，而在法律上，牙醫的認證也是法醫學上非常關鍵的證據力，常常是破案的關鍵。期待這本書能激發出更大的火花，讓民眾對於牙醫這行業的認識更加透徹。

批踢踢Teeth_salon版主／FB「批踢踢小牙醫」管理員 Dental Huang黃琮仁

自序

「如果可以當海盜，為何要加入海軍？」這是賈伯斯的名言，也是我的座右銘。對我而言，乖乖聽話、謹守制度簡直是件要命的事，在沒有人管的時候，我總是活得任性瘋狂。如果可以，我想要脫離這社會的框架、現實的枷鎖，盡情遨遊在充滿未知和挑戰的世界裡。這就是為什麼我熱愛故事。

我從小學六年級就開始嘗試創作。那時清朝古裝劇當紅，我寫了一個叛逆格格的故事，氣勢磅礴的開了頭，卻接不完結尾，最後心一橫，把所有人都賜死了。那是我的第一本小說，名字叫……嗯，就叫「格格大冒險」好了。總之，那本悽慘收場的小說讓我明白，寫作絕對不是容易的事。然而，鉛筆在白紙上書寫的觸感，看著筆下人物躍然紙上，一個個活出自己的人生，那份雀悅和滿足卻從此深刻在心中。

成為牙醫師以後，儘管日子再繁忙，寫作魂仍不時從腦袋跳出。牙醫師這個工作，除了專業的診斷疾病，也需要觀察病人個性，才能給予最適合的治療。病人的一些小細節，像是說話談吐、穿著打扮、動作表情、甚至時間觀念等等，每一個小地方都暗示著病人的性格。

有人全身名牌卻一口爛牙，有人謙恭有禮但藥歷卻藏著玄機，二十幾歲的男生拿著粉紅色閃亮皮包，三十幾歲的女性說要看卡通所以取消約診……等等各式各樣的病人，他們背後都藏著一個故事。

我突發奇想——如果哪天，醫師發現了病人不可告人的祕密呢？

這個故事的雛型就此誕生。我脫下手套，任由手指在鍵盤上敲打，放手讓腦中的人物盡情發揮。在創作的世界裡可以很自在，不用避免衝突，不用小心謹慎，可以肆意的放開船舵，任由船隻在風雨裡前行，看它會引領我航向何方。

我彷彿又能做回我自己，那個站在海盜船上的瘋狂船長。

這本書的出版，要感謝一路上眾多貴人幫忙。謝謝我的家人、朋友、秀威編輯慈蓉，以及各位大師的推薦。

還有最重要的你，Eason。謝謝在我無數個懷疑自己的日子，你給我的支持和鼓勵，謝謝你當我的忠實粉絲。

最後，謝謝願意翻開這本書的你。準備好了嗎？跟我一起來一趟精彩的冒險吧！

目次

第一章　新聞

「醫生，我這顆牙齒有一個洞，我要補起來。」一個中年婦人躺在牙科診療椅上，指著自己右下方的臉頰。

米白色的診療間牆上，掛著一幅拼圖拼成的書海壁畫，牆角的小櫃子上方，散落著幾本小說，二十二度的冷氣讓戶外的炎熱都阻隔在外。

身穿藍色刷手服的醫師坐在診療椅正後方，對一旁站著的助理眨眨眼，淺藍色的口罩遮住他往下撇的嘴角。他快速掃描中年婦人全身打扮，默默在心裡嘆了一聲，已猜到等下必定有場戰役。

中年婦人穿著剪裁有致的雪紡紗上衣，配上碎花圖樣的短裙，衣料細緻有質感，看起來必是昂貴的名牌，更不用提那放在置物籃裡的柏金包。白皙嬌嫩的手掌，襯托出手指甲上精緻的彩繪，鬆垮的大腿再加上緊繃的小腿肚，踩在鮮紅色的高跟鞋上。臉上保養還算不錯，若不是掛上這副高高在上的嘴臉，再年輕個二十歲必定是個小模特兒。

段仕鴻熟練的戴上橡膠手套，降下診療椅，拿起口鏡往病人口內一照，右下第一大臼齒已經蛀掉了一大半，牙齦處腫起一個膿包，破洞的牙齒內塞滿食物的殘骸。

段仕鴻皺眉，用鑷子一一夾起：芹菜、貢丸、香菇……還有紅蘿蔔。看來她今天中午吃隔壁的「珍珍快餐」。

「這顆牙齒已經蛀到神經了，需要先做根管治療，沒有辦法直接補起來。」段仕鴻說。

「蛀到神經了？可是我都不會痛欸，你先補起來就好。」中年婦人說。

這答案已在段仕鴻預料之內，他遞過準備好的大鏡子，請中年婦人自己看看這顆牙齒。

「你看，這顆牙齒蛀成這樣，只剩一半，下面還有個膿包，整個腫起來……」他使出「眼見為憑」第一招：讓病人親眼見到自己牙齒的慘況，才會警覺到嚴重性。

不料，中年婦人只是瞥了一眼，便迅速放下鏡子，不耐煩的揮揮手，「我知道，我知道，我之前別顆牙齒做過根管治療，那個要來四五趟，我沒那麼多時間。」

段仕鴻搖了搖頭，使出第二招「授之以理」，說：「你這顆牙齒蛀成這樣，至少也拖好幾個月了。你拖這麼久才來看，卻要一次就治療好，怎麼可能呢？」

中年婦人嘴角一撇，「我知道不能一次就治療好，所以叫你補起來就好。」

段仕鴻深吸了一口氣，緩和自己正逐漸上漲的情緒，「這顆牙齒裡面都是細菌，我不能幫你直接補起來。直接補的話，底下牙齦可能會整個腫起來，腫到引起蜂窩性組織炎都是有可能的。」這是第三招「後果威脅」，讓病人知道若一意孤行，會有更嚴重的下場。

中年婦人仍是毫不動搖，「那你就補好一點阿，不要讓它腫起來。」

補好一點，什麼叫補好一點，意思是我平常都隨便補？他拿口鏡的手指僵直在原地。還有，什麼叫不要讓它腫起來，也就是剛剛的解釋你一個字都沒聽進去囉？

下一秒，口鏡重重摔在診療盤上，發出「鏗鏘」一聲響。段仕鴻迅速升起診療椅，讓中年婦人坐起來，身穿粉紅色連身裙的助理會意，快手快腳的整理好桌面，解開中年婦人頸上的治療巾。

令人窒息的沉默維持快一分鐘。助理葉凡芯眼見情形不對，乾笑幾聲，開口說：「阿姨，牙齒蛀到神經就一定要根管治療阿。我們可以幫你——」

「我沒有辦法幫你治療，另請高明吧。」段仕鴻打斷葉凡芯的話頭，一字一字大聲說。這當然是最後一招了：「送客千里」。

「阿姨，那今天治療就到這裡，我們樓下稍等一下喔。」葉凡芯說完，拿著收好的器械離開診間。

段仕鴻站起身來，在病歷下的註記單用紅筆畫出大大的驚嘆號，示意這個病人是個難溝通的壞病人，他一連畫了十幾個驚嘆號，這才停手。他怒氣未消，又在底下寫著：

「強勢，自我中心。貴婦，常逛街買名牌，卻表示自己很忙沒空來看牙。已婚，外遇對象：珍珍快餐的帥老闆。」

段仕鴻寫到這裡，怒氣終於退了一些。幹嘛跟這種人計較呢？他開好處置，轉頭一看，卻發現中年婦人正站在自己身後。

段仕鴻大吃一驚，迅速蓋上註記單，說：「今天治療已結束，請在一樓櫃檯等候。」

中年婦人臉色蒼白，聲音顫抖，「你……你說我外遇……你跟蹤我？」

「這是私人註記，非病人病歷。請勿偷窺。」他轉身想逃離現場。

「等等，你……你怎麼知道的？你是徵信社嗎？是我老公找的？」中年婦人伸手擋住診間門口，「你不說清楚，我絕對不會離開。我還要找律師來告你，告你跟蹤病人、窺探病人隱私，是變態。」

段仕鴻當然不怕被告，畢竟他根本什麼事都沒有做。但身為老闆，多一事不如少一事，更何況最近診所麻煩已經夠多了。

「我沒跟蹤你，也沒有窺探隱私。你大可請律師，我沒有做的事情就是沒有。」段仕鴻說。

「那你……你怎麼知道……是志鵬跟你說的嗎？」中年婦人說，氣焰已消失大半。

「志鵬？那是誰？」

「珍珍快餐的帥老闆，志鵬。」中年婦人下巴朝註記單一點。

「喔，原來他叫志鵬。」

中年婦人態度緩和下來，「段醫師，你到底怎麼知道的，可以告訴我嗎？只要你不是我老公那邊的人，那我就放心了。」

段仕鴻考慮了一會，翻開中年婦人的病歷，「你的名字叫顏如惠，你寫已婚，登記的地址和病患何小龍一樣，所以你們是夫妻。」顏如惠點點頭。

「強勢，自我中心。這不用說，從剛剛對話已經很清楚明瞭了。」他雙眼盯著顏如惠，臉上不帶一絲笑意。

顏如惠勉強擠出笑容，明顯的魚尾紋在她眼角展開，「段醫師，抱歉啦，剛剛比較急。」

「你全身名牌，自然是貴婦。大腿肌肉鬆弛，代表很少運動，小腿肌肉緊繃，應該是長期穿高跟鞋走路的關係。那麼你能去哪裡走路，大概就是百貨公司吧。」

顏如惠臉上一紅，有意無意把短裙往上拉，往他貼近，「你連大腿都觀察得這麼清楚。」

忽然間，葉凡芯衝進診間，擠到兩人之中，大聲說：「段醫師，你下個病人時間到了喔。」

「嗯，那就請下個病人吧。」

「可是，你還沒回答我的問題——」顏如惠大急。

「阿婆，你的治療時間已經到了。下個病人在等，請你體諒。」葉凡芯輕輕推著顏如惠離開診間，稱呼不知何時已從阿姨變成阿婆。

※

段仕鴻口中輕輕哼著歌，走回二樓的休息室，全身放鬆的癱軟在沙發上。他剛剛打了一場勝仗，心情大好。

小巧的休息室裡，棕色沙發幾乎占滿了整個空間。靠牆的一端，擺放著一張電腦桌和椅子，桌上立著一台電腦和監控全診所的攝影機直播畫面。

段仕鴻不經意瞥見自己在休息室的模樣，頭髮凌亂、彎腰駝背的樣子，跟兩年前「鴻品」診所新開幕時，完全判若兩人。那時的他滿懷憧憬，可謂初生之犢不畏虎，風風光光開了「鴻品」牙醫診所，想要大展身手。誰知道過了一年，經不起健保日益的壓榨，以及牙科耗材和設備越來越競爭的壓力，漸漸入不敷出，他只好一直加診，一天到晚埋首工作，不知何時曉華也跟他漸行漸遠。診所聘請的醫師和助理也越來越不滿意這裡的待遇，離開的離開、辭職的辭職，最後只剩下他一個老闆，和兩個不太計較低薪的助理。

想到這裡，他坐起身來。記得下個病人是植牙手術，如果有了這筆自費收入，也許這個月診所經營就不會赤字了。他瞥了一眼櫃台畫面，除了櫃台助理房依靜龐大肥胖的身軀擋住了半個攝影機，沒有任何病人的身影。

下個病人還沒來。

他口中的歌聲驟停，煩躁感再度襲上心來。為什麼就沒有一件事情能在掌控之中？就在此時，休息室裡的電話響起。

「說。」他伸手接起電話。

「段醫師，你下午三點的植牙病人李山河沒來，打電話也沒接。怎麼辦？」電話裡傳來房依靜沙啞的聲音。

「他從來不遲到，也沒爽約過。怎麼偏偏今天沒來？」

「不知道。昨天還打電話跟他確認過，他說會準時來的。」

「知道了。」段仕鴻掛上電話，嘆了一口氣，望著顏如惠的病歷發愣。隔了幾秒，忽然覺得這名字有幾分熟悉，念了幾遍卻還是想不起來。他上網搜尋「顏如惠」三個字，赫然跳出好幾則熱門新聞：原來她竟是三十年前的演員「甜姐兒」，嫁給長她十歲的工業小開何小龍，而最近兩人離婚的消息炒的風風火火。

他驚訝的連下巴都快掉下來，竟然在不經意間挖出名人的勁爆內幕。他暗自竊笑，正在猶豫是否該把這消息賣給媒體時，休息室的門打開，葉凡芯笑嘻嘻地走進來。她身材嬌小，一頭棕紅色秀髮散落在肩上。

「說好的病人呢？」他明知故問。

「還沒來。我剛剛為了救你，只好這樣說。」葉凡芯吐了一下舌頭。

「她那種個性，沒得到答案，一定糾纏不休。」

「所以說，她要是聽你說完，就不會回來了。現在沒得到答案，心裡一定急得很，馬上就會預約下一次。剛好可以彌補咱們診所低迷的業績阿！你看，我多聰明。」

段仕鴻搖搖頭，「她下次來是為了答案不是為了治療，根本浪費我的看診時間。」

「好啦，段大醫師，治療最講求品質的，我知道。」葉凡芯挨著他身邊坐下，搖晃他的手臂撒嬌，他心中一動。就在此時，電話又再度「鈴鈴鈴——」響起。

「又怎麼了？」

「段醫師，你那個爽約的植牙病人，我知道他為什麼沒來了。」房依靜語氣彷彿在顫抖。

「為什麼？」
「因為，他死了。」
「什麼？」他衝到樓下等候區的電視機前。房依靜正盯視著新聞，雙眼睜的大大的，一手摀住嘴巴。
新聞上，斗大的標題寫著「通緝犯李山河畏罪自殺，陳屍工廠。」

※

「五年前震驚社會的『膠帶女童事件』，嫌犯李山河在今天下午兩點多，被人發現陳屍在一棟廢棄倉庫。然而這棟倉庫，赫然便是五年前女童的受害地點……」電視的直播畫面中，一位記者指著身後的鐵皮廢棄倉庫，附近拉滿警戒的黃色布條，將圍觀群眾阻隔在外。警車的紅燈在昏暗的天色中閃爍，一群警察忙進忙出，還有一名警察向記者走了過來。
「辦案現場，請離開。」那警察說。
「請問一下，目前是什麼狀況？」記者處變不驚，順手將麥克風湊到警察的嘴上。
「辦案現場，請離開。」警察清了清喉嚨，又強調一次。
「據說嫌犯李山河在自己頭上纏滿膠帶，讓自己窒息而死，這傳言是真的嗎？」記著追問。
「請離開。」警察大聲說，然而他提高的音量吸引附近記者的注意力，一群人瞬間像潮水一般向他湧來。
「請問一下，李山河是畏罪自殺嗎？」
「他的死法和膠帶女童一模一樣嗎？」

「李山河有表示為什麼要殺女童嗎？」

「李山河為什麼要自殺？」

一大堆問題劈劈啪啪襲來，伴隨著十幾支麥克風朝下巴戳了過來，警察眼見情況不對，一步步退後，哪知記者們早已把他團團包圍，他頓時進退不得。

「辦案現場，請閒雜人等離開。」警察高舉右手，他的聲音卻再度被問題淹沒，終於他放棄掙扎，大喊：「李山河——」

記者們瞬間安靜下來，人人都不想錯過最新消息。

「李山河……目前就警方蒐集到的資料，初步推斷是自殺，他的頭部捆滿膠帶，窒息而死，沒有任何掙扎跡象，只是——」

「趙明謙，你在幹嘛？誰叫你開記者會？回來。」遠處一個女警大吼，她眉毛豎起，雙手插腰，筆直整潔的藍色外套上，別著一個金黃色的警徽，看起來是個位階較高的警官。

那叫趙明謙的警察露出一臉做錯事的表情，轉身撥開身後的記者，衝回黃線區。記者們發出失望的聲音，然後像蒼蠅一般四散而去。

「好的，這就是現場最新的狀況。現在，讓我們回顧五年前那起駭人聽聞的命案事件。」

下一秒鏡頭切換到一張老舊泛黃的照片，照片裡的小女孩身穿紅色洋裝，手上抱著一隻玩偶，眼睛處打上馬賽克。段仕鴻立刻就想起這張照片，這是五年前不斷重複播放的畫面。

果然聽見配音說「通緝犯李山河曾經在五年前犯下駭人聽聞的殺人罪刑，下手殺害一個年僅五歲的小女孩，用膠帶把小女孩從頭至腳緊緊綑綁，最後窒息而死。手法殘忍，喪盡人性。」

畫面切換到一疊散落的褐色工業用膠帶，「據了解，李山河使用的正是這款工業用膠帶，黏性極強。小女孩全身的膠帶上，遍布李山河的指紋，警方因此對李山河發布通緝令，然而李山河這一躲就躲了五年——」

突然「逼」一聲，電視畫面變成一片漆黑。段仕鴻回過頭來，發現葉凡芯手拿著遙控器，一張嘴嘟的老高。

「別再看了，你已經連續看了兩個小時。」葉凡芯雙手叉腰。

今晚是她和段仕鴻一周兩次的約會之夜，她特地穿上新買的黑色薄紗洋裝，畫了鮮豔的紅色唇妝，雀躍不已的來會情人。哪知段仕鴻整個晚上失魂落魄，雙眼從頭到尾都緊盯著電視。

「不知道為什麼，這新聞讓我很不安。」段仕鴻說。看診半年的病人竟是通緝犯，他一時無法接受。

「哎呀，別管他了。今天是我們約會之夜呢。」葉凡芯頭輕靠在他肩膀。

「約會？」這兩字撞進他腦袋裡。李山河下午明明有約診，按照他守時守約的個性，又怎會臨時起意自殺呢？

段仕鴻回憶起上次看診時和李山河的對話。那天李山河一如往常的彬彬有禮，臉上掛著微笑，似乎心情極好。

「段醫師，我右邊下面牙齒被撞掉了。」李山河說。

「什麼？」段仕鴻睜大眼睛，很驚訝有人牙齒掉了還能這麼開心。

「前幾天的事情。我喝到不省人事，隔天起床發現牙齒居然少了一顆。」李山河輕拍額頭，「貪杯阿，都怪我太貪杯了。」

「那牙齒呢？有找到嗎？」

「沒有，不知道跑去哪。」

段仕鴻仔細檢查李山河的傷口，本來右下第一大臼齒的位置，只剩下牙根碎片搖搖欲墜的沾黏在發炎的牙肉上。

「牙齒沒斷乾淨，會引起發炎。我上麻藥把傷口清乾淨。」

「好，麻煩你了。」

他沉浸在回憶裡，葉凡芯的說話聲斷斷續續傳來。微一回神，他才發現她在抱怨上班的事情，「你知道嗎？那胖女人今天又偷懶。我把器械消毒完、診間整理好，結果她居然連垃圾袋都還沒打包。整天東摸西摸的，只想混水摸魚。」

「乖，別氣。」他輕摸葉凡芯的秀髮，終於注意到她今晚的性感打扮。葉凡芯閉上雙眼，任由他的手滑過臉龐、脖子，緩緩來到胸口，忽然手指停住了。她睜開眼睛，發現他拿起她胸口的銀色狐狸項鍊，仔細端詳。

「你幹嘛？這有什麼好看？」

「這不是我送你的。」段仕鴻說。這項鍊太精緻了，滑順的銀製狐狸身型，眼睛處還鑲著一顆粉紅晶鑽，看起來價值匪淺，少說也要上萬元。「這項鍊是哪來的？」

「撿來的。」葉凡芯調皮的眨眨眼。

「撿來的？」段仕鴻微微一愣，心頭疑惑更盛。

「不說這個了。對了，我昨天打去東風牙材凹折扣，說了老半天，講到口水都乾了，好不容易幫你省下……」葉凡芯頓了一下，露出得意的笑容，「三千塊。」

「謝謝你，凡芯。這個月的收支，又要麻煩你幫我整理了。」

「小事啦。能幫上你的忙，我很開心阿。」

他把葉凡芯擁入懷裡，「你真是貼心，我一定買個禮物給你。」

「不用啦，我不用什麼實質的禮物，你給我的已經夠多了。」葉凡芯微微一笑，吻上他的唇。

※

隔天早上九點，段仕鴻一如往常開車到鴻品，卻驚訝的發現大門深鎖。三十分鐘前就該來整理環境的房依靜，居然還沒到。

很好，又多了一件失控的事。他按捺住心中怒火，撥打了電話。

「嗯？」電話接起，傳來房依靜含糊的回答。

「你在哪？」他劈頭就問。

「我……我在水覺……」她說的每個字像糨糊一樣黏在一起，模糊不清。

「你在睡覺。你知道今天是你早班嗎？」

「我……我爬不機來……你叫小三幫我逮班。」

「你說什麼？早班只有你一個助理，這麼臨時要誰代班？」段仕鴻邊說邊拉開鐵門，急急忙忙打開櫃檯電腦，查看早上有幾個約診。

第一個病人，九點半，顏如惠。

「老娘補過去啦，周末本來就補用上班。你這慣老闆、一天到完壓榨員工的自私鬼，違反老基法，我要檢局你。告訴你，老娘不幹了！要不是因為找不到，老娘幾百年前就跳槽了！」電話另一頭傳來大吼大叫。

這段話彷彿一桶冷水當頭淋下，讓段仕鴻瞬間冷靜下來。要是房依靜不做了，他實在很難找到下一個願意待在鴻品的助理。

「房依靜，你喝醉了嗎？」段仕鴻語氣緩和下來。

「嗚嗚嗚……」

「你還好嗎？需要幫忙嗎？」

「不……對不起，這都是我的錯。」房依靜哽咽著，「都是我的錯，都是因為我躲起來。」

「我晚點再關心你，你先休息。」段仕鴻掛上電話，改向葉凡芯求救，但一連三通都是轉接語音信箱。

就在此時，診所門上的鈴鐺聲響起，顏如惠走了進來。她穿著深V的碎花洋裝，腳上仍踩著那雙顯眼的紅色高跟鞋。

她皺起眉頭，遞出健保卡，劈頭便說：「好熱。」

段仕鴻這才想起忘記開冷氣，一連拉開三個抽屜，才找到遙控器。

「你的助理呢？」顏如惠雙手抱胸，看著他手忙腳亂的樣子。

「我知道你只是要答案，根本沒打算看診，就直接跟你說就好。」段仕鴻把健保卡推回去。

「答案呢？」

「那天你的牙齒裡，有一堆食物，芹菜、貢丸、香菇、紅蘿蔔。看那食物的新鮮程度，就知道你午餐剛吃不久。而你滿身大汗，代表你是走過來的，剛剛在診所附近用餐。」

「那又怎樣？」

「鴻品附近有賣芹菜、貢丸、香菇這種居家便當料理的，只有珍珍快餐了。」

「你猜到我在珍珍吃午餐，那是沒錯。但又怎能確定我跟志鵬……」顏如惠冷淡的語調，卻遮不住臉上的著急。

「珍珍快餐，恕我直言，看起來實在不怎麼好吃，最大的賣點就在於便宜。而像你這種貴婦怎麼會願意踏進去呢？再看你從頭到腳細心打理的模樣，明顯是要約會的裝扮，把這兩件事連起來，答案就呼之欲出了。」

「段醫師，你很聰明。」顏如惠從包包拿出一個牛皮信封，「這是我的一點心意，我想你懂的。」

段仕鴻瞥了一眼，已明白信封裡裝了什麼，「我不懂，你想要什麼？」

「我要你，」顏如惠頓了一下，意味深長地看著他，「什麼都別說。」

封口費。

段仕鴻遲疑了。依信封的厚度判斷，裡頭約有十萬元，如果他接受了，就可以還清上個月房租，但這麼一來，他便受制於她。看到這女人趾高氣昂的樣子，他便心裡不舒服。

「我不……」他話說到一半，診所門忽然「噹噹——」再度打開。

一個中年男子走進來，伴隨著輕微的菸味。他身上的黑色西裝筆直得像一面牆，腳上皮鞋擦得閃閃發亮，體態些微發福，寬大的襯衫也遮不住他突出的啤酒肚。他伸出寬大的手掌，和段仕鴻握手，說：「段醫師，你好。」

這人正是鼎豐企業的董事長衛方城，身價至少上億。看他臉上親切可人的笑容，誰會聯想到這人彈指間便能指揮旗下三千名員工。

他身後站著一個身材嬌小的女人，面容樸素，只畫了淡妝，一頭黑長髮束在頸後。她依偎在衛方城手臂上，向段仕鴻微微點頭。

「衛老闆早，小安早。」段仕鴻說。

鴻品所在這棟房子共有三層樓，一、二樓由他承租，三樓則是衛方城地下情人小安的住處。他和衛方城之間似乎有某種默契，只要他守著祕密，就可以延遲繳交房租一個月。

「衛老闆，最近生意不錯喔。我看見雜誌報導鼎豐入選全球前一百名優良科技產業。」段仕鴻豎起大拇指。

衛方城微微一笑，「當然。鼎豐重金禮聘工程師，可不是說說而已。對了，關於上個月的房租……」

「喔對，你等我一下。」段仕鴻吞了一口口水。上個月的房租，根本還沒準備好。他假裝翻找抽屜，腦中飛快的轉動，他必需想個拖延理由，「健保費還沒提撥下來」這句話，上禮拜已經用過，現在還有什麼藉口可以說？

「上個月房租？」顏如惠說，嘴邊露出一絲笑意。

「不好意思，我沒看過你。請問你是？」衛方城轉過頭。

「我叫阿惠，是今天臨時來幫忙的助理。」顏如惠說：「段醫師，你剛剛才把準備好的房租交給我。你忘了嗎？」

「我……」段仕鴻看著桌上的牛皮紙袋，一時不知如何回答。

「這裡面是十萬，你點一下。」顏如惠把信封袋遞給衛方城。

「不用了，你們算過就好。」衛方城收下，帶著小安上樓。

「段醫師，那就麻煩了。我和我先生正在打離婚官司，一點小事情都會讓我失去爭取的權利。我的祕密很重要，千萬保密。」顏如惠說。她才剛踏出大門，一條人影就迅速鑽了進來。那人高高瘦瘦，一張長臉配上濃眉大眼，身上穿著休閒的T-shirt搭牛仔褲。

「十點。」那人拿出健保卡

「第一次來嗎？」段仕鴻觀察她的臉，總覺得似曾相識。她坐在候診區的長椅上，抬頭東張西望，雙手握緊拳頭，顯得有些不安。

段仕鴻盯著病歷資料，一邊在腦海搜索著：謝英，這個名字滿有個性的，如果看過應該不會忘記才對。

「謝小姐，我們這邊請。」他披上醫師袍，領著謝英來到診間。

「我牙齦腫，不太舒服。」謝英說，視線在診間飄來飄去。

「哪個位置不舒服？左邊還右邊？」

「嗯……都有。就是有些不舒服。」

「這症狀多久了？」

「不知道，好一陣子了。」

段仕鴻皺了皺眉頭，心裡開啟自動翻譯機：牙齒也不是很痛，想來看看而已。他降下診療椅，快速檢查全口狀況：口腔狀況良好，牙齒健全，連一顆假牙都沒有。他合理懷疑謝英根本不需要看牙，只是找個藉口來鴻品牙醫診所而已。但是，是為了什麼？

「看起來沒什麼問題，沒有蛀牙。左下區牙齦有點發炎，幫你清乾淨。」他不等謝英回答，拿起洗牙機頭便把後牙區清了一遍。

「好了。回去觀察一個禮拜，刷牙刷乾淨應該就沒事了。有什麼問題再回診。」他迅速結束這回治療。

謝英緩緩走出診間，他向她的背影瞥了一眼，突然有種不安的預感：謝英似乎是在尋找監視器的位置？

「謝小姐，你的健保卡。」他回到櫃台開立好處置，想把這個病人盡快送走，越快越好。

「謝謝。」謝英將健保卡收進黑色後背包裡。突然，她的手顫抖一下，一個東西從包包裡掉了出來，「匡噹」一聲摔在地上。

「還好嗎？」

「哎呀，我的雨傘摔到了，斷成兩半。你這裡有膠帶嗎？」謝英把雨傘放到櫃檯上。雨傘傘翼微張，傘骨的支架處斷裂成兩截。

「有。」段仕鴻拉開右側抽屜，拿出一卷有基座的透明膠帶。抬頭那一瞬間，發現謝英墊起腳尖在偷看。

小偷？他腦中閃過一個念頭，抬頭看了一眼正對櫃台的攝影機。不好，這個禮拜為了省水電費，他把攝影機功能都關掉了。

「這個膠帶可能太細，有沒有土黃色的那種？就是……工業用的膠帶？」謝英說。

段仕鴻聽到「工業用膠帶」這關鍵字，內心一凜。最近李山河的命案把「工業用膠帶」炒得沸沸揚揚，什麼品牌最有黏性、哪個牌子CP值最高等，都鉅細靡遺的被報導出來。

「沒有，只有這種。」段仕鴻搖頭。其實在儲藏室放置著兩卷，但他是絕對不會離開櫃台的。

「嗯，這個也行，就是稍微細了一些。」

他看著謝英的手指反覆翻弄透明膠帶，才發現她的手指十分有力，手臂肌肉糾結突起，渾不像一般女生該有的線條。更令他更驚訝的是，那斷成兩截的雨傘骨，斷口延展變形，不是被摔斷的樣子，反而像是被徒手凹成兩截的痕跡。

預謀？借膠帶？監視器？段仕鴻全身緊繃起來，想起膠帶女童和李山河的命案，渾身被膠帶綑綁起來的畫面浮上腦海。他深吸一口氣，瞥了一眼未完全拉開的鐵門，剛剛顏如惠前腳一走，謝英後腳便鑽了進來，他連拉開鐵門的時間都沒有。

無論如何，要趕快把鐵門完全拉開。光天化日之下，人來人往的店家中，總不會有人敢公然犯罪吧？他慌張地翻找亂成一團的桌面。鐵門遙控器被放到哪裡去了？

他站起身，發現鐵門遙控器近在眼前，就在謝英的左手食指旁邊。他和謝英對看一眼，眼神一同射向桌上的遙控器。下一秒，兩人同時動了。

他迅速伸手抓向遙控器，謝英左手一抬，雨傘尾段迴轉一圈，撞上遙控器，遙控器「啪」一聲摔在地上。

她絕對是故意的！段仕鴻大驚失色，從櫃檯後方衝出來，想撿起遙控器。哪知他反應快，但對方速度更快，謝英腳尖輕輕一踢，遙控器向上彈起，朝門口飛去。

「你幹嘛？」段仕鴻大叫。兩人同時飛身撲向遙控器。

他仆倒在地，右手小指勾到遙控器一端，謝英壓在他身上，試圖將他雙手反抓在背。他用力掙扎，手臂奮力一伸，終於按到了開門按鈕。鐵門輕輕一震，緩緩向上升起。

段仕鴻感覺背上壓力驟減，謝英鬆手站起。他手腳並用的站起身來，張開手臂擋住門口，大聲說：

「你究竟是誰？想要幹嘛？」

「你剛剛拿遙控器，是想開鐵門？」

「廢話。你不說清楚，我馬上要報警。」他從口袋拿出手機。

「你不用報警，」謝英緩緩舉起右手，攤開手掌，一個警徽在手心閃閃發光，「我就是警察。」

「你……」他目瞪口呆，赫然想起為什麼謝英這麼眼熟。原來她就是電視直播裡命令那個男警回來的女警官。

「抱歉剛剛嚇到你。你的行為有些詭異，我以為你要拉下鐵門攻擊我。」謝英說。

「你行為才詭異，我才以為你要攻擊我。」

「對不起。你有沒有受傷？」

段仕鴻拍拍身上的灰塵，雙手環抱胸口，「你必須解釋清楚，你到底在調查什麼？」

「沒什麼，你就當作我沒有來過。」謝英轉身要走，段仕鴻一個箭步擋在她身前。

「好奇心會殺死貓。你若跟這件事無關，不要把自己牽扯進來。」

「你身為警察卻無故攻擊我。不說清楚，我不能讓你離開。」

謝英退了兩步，皺眉說：「幹嘛？」

「那我報警了，」段仕鴻拿起手機，「說有警察無故攻擊我。」

他和謝英互相盯視著，兩人都毫不退讓。過了片刻，謝英嘆了口氣，在椅子上坐下，「這件事你絕對要保密。」

「我自己會評估嚴重性。」段仕鴻說。

「李山河，你的病人。我想你知道他死了，是被膠帶繞頭窒息而死。」謝英說。

「我有看到新聞。」段仕鴻點頭，開始覺得李山河的命案絕對不單純。

「現場所有膠帶，只有他一個人的指紋。他的雙手垂在兩側，沒有任何掙扎的痕跡，腳邊留了一堆空酒瓶，看情形像是酒後憂鬱發作，自殺而死。」

「但警方認為不是？」

「警方判定是，但我認為不是。事實上，這件案子已經要結案了。就算不是自殺好了，也沒有警察想為一個殘忍無情的殺人犯找尋真相。」

「那麼，你怎麼會找上鴻品？」

「李山河的活動範圍不大。除了幾間店和租屋處以外，最常往來的地方就是鴻品。」

「你一直在監視他，卻不抓他？」段仕鴻瞇起眼睛。

謝英頓了一下，「我……我們放長線釣大魚，想知道他有沒有其他同夥。」

「那萬一在你們釣魚期間，他又傷害其他人怎麼辦？」

「他在我掌控之中。」

「但是他還是逃出你的掌控。他死了，不是嗎？」

「對。」謝英站起身，想結束這個話題，「我說完了，再見。」

「有件事我也想問。」段仕鴻說。

「什麼事？」

「李山河在現場留下什麼可疑的線索？」

「你……你怎麼這麼問？」

「我那天看新聞，有個警察表示：『現場沒有任何掙扎跡象，只是……』然後就被你中斷了。只是什麼？」

謝英嘆了一口氣，「段醫師，你為什麼這麼好奇？」

「我想幫忙。跟你一樣，這整件事讓我覺得不太對勁。」

「如果你真的想知道……」謝英考慮片刻，終於開口：「李山河用腳上的泥沙在地上刮出一個名字。」

「什麼名字？」

「gh。」

第二章　失控

等段仕鴻打理好診所，已經是下午一點。太久沒有親自動手整理診間，都忘記收診是這麼麻煩的一件事。

還有一些時間，該是面對現實的時候了。他點開電腦裡層層疊疊的資料夾，找出上鎖的紅色機密檔案。這是只有他能開啟的專屬檔案，裡面記錄診所每個月真實的收支數字。

這兩年為了苦苦支撐鴻品，他有許多收入都沒有報稅。這份檔案若是傳出去，後果不堪設想，輕則被國稅局罰重款，嚴重甚至要坐牢。他不是故意逃稅，只是他早就入不敷出，若再扣除龐大的稅務，鴻品早就倒了。那是他一生的心血，他不願在這艱難的時刻放棄，他只想……再撐一下下，再撐一下下就好，也許撐過這段風雨，一切就能雨過天晴。

他輸入密碼，打開檔案。忽然看見檔案左方的紀錄欄，寫著：上次開啟檔案時間，兩個禮拜前。兩個禮拜？距離他上次打開檔案，至少是一個月前的事了。這是怎麼一回事？

他皺緊眉頭，能使用櫃台電腦的人，只有他、葉凡芯和房依靜三人，但兩個助理都不知道密碼。沒辦法了。他調閱監視器畫面，搜尋兩個禮拜前的紀錄檔，按下播放鍵，盯著四倍快轉的畫面。半個小時過去，櫃檯來來去去還是只有房依靜和葉凡芯兩人。

忽然，一個身影吸引了他的注意。那人身穿白色T-shirt和牛仔長褲，頂著一頭梳得油亮的黑髮，正是李山河。段仕鴻改成正常速度播放，並把音量調到最大。

監視畫面裡李山河已經看完診，在櫃檯取回健保卡，忽然抬頭對葉凡芯說：「對了，我上次有說，想要申請一份診斷證明、病歷資料和X光片，因為保險需要用到。」

「對，段醫師已經開好診斷證明，你要的資料也都印好了。」葉凡芯彎腰在一旁的矮櫃裡翻找，拿出一疊資料，「都在這裡，要跟你多收四百塊。」。

「沒問題。另外，我的X光片，能夠給我電子檔嗎？」

「可以。只不過電子檔我們還需燒成光碟，要下次才能給你。而且光碟一張要三百塊喔！」

「我趕時間，可以用隨身碟就好嗎？」李山河說著從口袋掏出隨身碟。

「不行喔！這是規定，電子檔就是要燒成光碟。」

「拜託，我的保險等不了這麼久。你幫這個忙——」李山河將頭湊近了一些，壓低音量說：「我給你兩千塊。」

葉凡芯一時愣住，閉口不答，睜著一雙大眼瞧著他，彷彿在猶豫要不要接受這個誘惑。

「拜託，我是真的很急，才這樣拜託你，而且你又沒有什麼損失。你不說，誰都不會知道的。」

「段醫師要是知道了，一定會生氣。他什麼大小事都要按照規矩走，最討厭我耍小聰明了。」葉凡芯吐吐舌頭。

「才不會，你這麼可愛又漂亮，段醫師才捨不得罵你。要是另一個胖助理，我可就不敢肯定了。」

葉凡芯嘴角微微上揚，伸出手說：「好啦好啦，就幫你這一次。拿來。」

「感恩，感恩。」

葉凡芯先把兩千塊直接收進口袋裡，再將隨身碟插進電腦主機。突然電腦螢幕閃了一下，隔了幾秒又閃了一下。隨身碟裡只有兩個資料夾，一個是「工作資料」，另一個則是「性感私密照」。

葉凡芯偷笑，瞥了李山河一眼，看見他正專注地盯著手機，手指在螢幕上飛快滑動。監視器畫面照到了他手機螢幕的一角，一堆數字和英文符號在跳動，像是一個程式碼。

駭客？一滴冷汗從段仕鴻額頭滑落。那插入電腦的隨身碟就好比一把鑰匙，打開了電腦的大門。但這還不是更糟的，他有一種不祥的預感，他知道葉凡芯接下來一定會做一件事——

說時遲，那時快，葉凡芯點開那「性感私密照」的資料夾，猛然間一篇黑白亂碼跳了出來，電腦螢幕快速閃爍跳動，緊接著一堆資料夾不斷跳出畫面，不斷被打開，重重疊疊占據整個電腦螢幕。

葉凡芯臉色大變，失聲驚呼：「不不不不不——」

「怎麼了？需要幫忙嗎？」李山河嘴裡說著，眼神卻沒離開過手機畫面，他的手機螢幕飛快得跳出一個又一個資料夾。

「你……你的隨身碟有毒。」葉凡芯聲音顫抖。

「不會吧？我用很久了，除非你亂開我的資料夾。」李山河終於抬起頭。

「當……當然沒有。」葉凡芯忙說：「電腦怪怪的，我重開機一下。」幸好重開機後一切正常運作。她伸手輕撫胸口，鬆了一口氣，迅速處理好檔案。

「謝謝，你幫了我一個大忙。」李山河向她比個大拇指，帶著大大的微笑離開。

段仕鴻按下暫停播放鍵，拍桌站起身來，焦躁得在候診區來回踱步。

是李山河，竟然是李山河！他為什麼要偷走鴻品的機密檔案？檔案現在又在哪裡？照理來說，李山河不可能知道這個檔案的存在，被駭走應該純屬意外，他要的是別的東西。但是，鴻品還有什麼祕密好偷盜的？

段仕鴻將頭埋在手掌中，感覺胸膛快要炸裂開來。又一件失控的事情。

他不知道自己在路上閒晃多久，當他回過神來，已站在「歸人酒吧」的門口。這個曾經熟悉的地方。一個男子倚在門邊哼歌，他體格纖瘦但身高極高，約莫有一百八十公分，墨綠色的長髮束成低馬尾垂在肩上，耳朵掛著圓形大耳環，畫著骷髏頭的黑色無袖上衣搭配七分長的垮褲，腰間掛著金色鐵鍊，走路時還會「噹噹」作響。

那男子哼歌哼的忘我，閉上眼睛，雙手在空中隨意揮舞。段仕鴻靜靜站在他身前，聽他唱完一曲。那男子煞有其事地對空氣鞠躬，睜開眼睛，忽然見到段仕鴻。他先是一愣，然後驚慌的表情慢慢轉變成燦爛的笑容，接著敞開雙手，給段仕鴻一個有力的擁抱。

「哇靠，你幾百年沒來，我以為你死了。」那男子大笑。

段仕鴻聳聳肩，「是不是很失望？」

「失望阿。唉，帥哥排行榜上，競爭對手又多了一個。」

「別擔心，你從來都不在排行榜上。」

「哇靠，還沒喝酒，你已經醉成這樣了？」那男子勾住他的肩膀走進酒吧裡，「來來來，我請客，今天不醉不歸。」

才剛踏進酒吧裡，清香的洋甘菊味微微滲入鼻息，鵝黃色的燈光籠罩，輕柔優雅的爵士樂流入耳中。段仕鴻左顧右盼，距離上次來是兩年前的事了，這裡仍是一點都沒變。

右側架著一座木製吧台，吧台後方的櫥櫃塞滿了各種酒瓶，盡頭處啤酒罐堆疊成一尺高的金字塔，塔前掛著一個綠色的小黑板，粉筆字寫著：「誰敢來挑戰？總價八千，全乾免錢。」

各式各樣的客人坐在沙發上，或舉杯狂歡，或談情說愛，或只是慵懶的癱在沙發上閱讀，享受在這裡的時光。

段仕鴻望著人們臉上的表情，轉頭對那男子說：「你成功了，柯毅豪。」

「我成功的事情太多了。你是指我最近終於學會用直笛吹奏小蜜蜂這件事嗎？」柯毅豪挑挑眉，露出自豪的笑容。

「那不是國小畢業的必備技能嗎？」

「現在國小畢業生都這麼優秀了嗎？」

兩人說笑間，柯毅豪領著他來到盡頭的包廂。包廂不大，紫色半圓形沙發圍繞著中間的圓桌。柯毅豪輕輕招手，一個服務生快步走了過來。

「老闆，要來點什麼嗎？」服務生鞠躬說。

「來兩杯威士忌。不，兩瓶。」才隔幾秒鐘，酒已經送至桌上。

「來。」柯毅豪斟了兩杯酒，「阿鴻，這杯敬我們好久不見。」兩人舉杯乾了。

「唉……想當初你突然放棄高薪的工程師工作，毅然決然跑當酒吧老闆，我還覺得你瘋了。但現在看來，反而很佩服你。」

柯毅豪乾笑一聲，「這也沒什麼好佩服的。你知道我當初離開禾欣光根本只是因為輸不起。」

「別這麼說，你從來都不比你哥哥差。」

「是阿。除了他發明第二項專利、晉升研發科主任、還有年薪五百萬以外，我什麼都不比他差。」

「還有長相，」段仕鴻補了一槍，「你忘了說。」

「還好，我身邊總是有你，有你墊底。」

「這話倒是真的，我的人生一團糟。」段仕鴻回想起這段日子的憂鬱和煩悶，再也按捺不住，滔滔不絕的說著。這一開口便止不住，從離婚、破產、甚至李山河的事情，都毫無保留。柯毅豪靜靜聆聽，一句話都沒說，只是不停的為他斟酒。

對段仕鴻而言，也許這樣就夠了。二十年的友誼，總是為他留一盞燈的酒吧，一個值得分享心事的人。

然而這樣的好心情只持續一個晚上，段仕鴻怎麼也沒想到，隔天上班會有什麼等待著他。

第三章　勒索信

早上九點，段仕鴻一如往常走入鴻品，休息室裡堆滿今日的廣告信件。他一把抓起，然後一封一封丟進垃圾桶，忽然發現最底下壓著一個紅色信封，背面收件人處，歪七扭八的寫著：「段仕鴻收」。看起來是手寫的筆跡，只是字體過於歪斜顫抖，若不是出於小朋友之手，就是故意用非慣用手書寫。

他好奇心起，拆開信封，抽出一張摺疊的A4白色印刷紙，紙上用電腦字體打著：

「我手上有診所的財務檔案。限你一個禮拜內，匯款一百萬至此戶頭。否則將把逃漏稅證據公布媒體及警方，若報警一樣公布媒體。」

一陣天旋地轉，他踉蹌的退後幾步，撞倒桌上一排物品，發出「乒乒乓乓」的巨響。

最擔心的事情，終究還是發生了！

他拿著信紙的手微微顫抖，呆立在原地，一時不知如何是好。猛然雙腿一軟，坐倒在沙發上，盯著眼前的空氣發愣。他的腦袋一片空白，耳中嗡嗡作響，該怎麼辦？該怎麼辦？

不能報警。鴻品逃漏稅的消息若真的傳出去，賠上的是他的名譽和診所的名聲。但是，就算他想低頭，手邊也沒有一百萬，為了支撐鴻品，存款早就燒光了。他只不過是個金玉其外的牙醫師罷了。這一刻他明白，只要檔案還流傳在外，他就永無安寧之日。

「阿——」他大聲吼叫，雙手握緊拳頭，奮力敲打著桌面。

葉凡芯聞聲衝了進來，看見紅色信封的那一瞬間，雙眼斗然睜大，「段醫師……你……你怎麼了？」

「出去。」

「阿鴻……你……」

「滾出去。」他咆哮。葉凡芯退後兩步，淚光瑩瑩，轉身飛奔而出。

段仕鴻將頭埋在掌心裡，不斷的深呼吸，努力把情緒緩和下來。隔了許久許久，他放下雙手，緩緩站起身來。從現在算起，他只有七天的時間，七天，必須揪出勒索信背後之人。他連退路都沒有，這是唯一的一條路。

還是上班時間，他必須保持冷靜，不能影響到工作。他看見房依靜領著病人走進診間。一個三歲的小女孩，身穿黃色運動上衣和淺藍色短褲，衣服上還繡了金色獅子的圖案，一看就知道是校服。她蹦蹦跳跳的走進來，頭上兩束高高的馬尾左右甩動，身後跟著一個年輕的媽媽。

「來，這邊坐。」房依靜說。

小女孩後退了一步，緊抓著媽媽的衣角，不願意就範。

「來，這邊坐。」房依靜提高音量，盯著小女孩。

「別怕。」那媽媽瞪了房依靜一眼，輕推小女孩上診療椅，「等一下看完牙醫，媽媽買玩具給你。」

小女孩心動了，往診療椅靠近一步，說：「我要艾爾莎的金色皇冠。」

「好，就是這樣。快上去吧。」媽媽一口答應。

「還有艾莉公主的粉紅色洋裝。」小女孩坐上診療椅，踢掉腳上的布鞋。

「好，小寶貝，你乖乖看牙齒，媽媽都答應你。」

段仕鴻聽著母親和女兒的對話，暗自警戒：寵愛女兒的母親、和熱愛公主的女兒。但願這女孩只是喜歡公主，而不是喜歡當公主。

「妹妹牙齒怎麼了？」段仕鴻問。

「她有蛀牙要補。」媽媽說。

「來，妹妹，要讓你躺下來了。來看看你的牙齒。」段仕鴻降下診療椅，小女孩開始有些躁動。

他只瞧了一眼口腔狀況，就知道事情難辦。放眼望去，上排一整列的黑牙，從左至右，沒有一顆牙齒倖免於難，下排則剩下三顆前牙還沒完全變成黑色。通常小朋友會蛀到這種程度，爸媽難辭其咎，要不是太忙碌，就是太過溺愛。

「妹妹有非常多顆蛀牙，要分很多次來治療。有幾顆蛀牙很深，可能要根管治療。」段仕鴻說。

「有幾顆蛀牙呢？」媽媽說。

他低頭數了數，說：「大概十七顆。」媽媽點點頭，顯然沒有被這個數字嚇到。

「那今天可以補完嗎？」媽媽說。他手上的口鏡差點掉到地上。

「我知道因為健保的關係，你們無法一次補太多。我可以再拿健保卡來補卡，只是幼婷很忙，沒有辦法常常來……」媽媽說。

「很忙？她才幼稚園吧？」

「你也知道，金獅幼稚園是名校，小朋友很忙的。」

「沒有辦法。」段仕鴻嘴角抽動了一下，「一次補太多顆不一定好，而且治療時間過長。」

「可以，我們不趕時間。」媽媽插嘴說。

他抬頭瞪了媽媽一眼，緩緩的說：「而且，小朋友無法配合這麼長的治療時間。」

「她可以。她非常乖。」

段仕鴻皺緊眉頭，「女兒非常乖，就可以連續張開嘴巴兩個小時，都不會累，也不會嘴巴痠嗎？你們不趕時間，不代表我也時間很多，等下都沒病人阿。」他心裡這麼想，哪知一恍神，話居然從嘴巴裡溜了出來。

媽媽臉色大變，大聲說：「你這牙醫怎麼這麼沒醫德。小朋友都蛀牙這麼多了，還不趕快處理？」

「你這媽媽怎麼當的，小朋友蛀牙這麼多，你到現在才來看？」房依靜突然開口。她聲音沙啞，嗓門卻大，一開口氣勢就贏一半。

「我……我要客訴你。」媽媽氣沖沖地把女兒拉出診間。

段仕鴻轉過身，在註記單打上大大的驚嘆號，這是唯一能夠發洩怒氣的方式。最近要畫驚嘆號的病人怎麼這麼多？他提筆寫下：「媽媽說幼稚園小朋友很忙，要求一次補十七顆牙。」

他情緒稍緩，抬起頭來，卻看見房依靜怒氣沖沖的樣子。「房依靜，我從來沒看過你這麼生氣。」

「哼，這女人搞什麼鬼，媽媽不知道怎麼當的，寵小孩寵到滿口蛀牙。到底有沒有資格當媽媽阿？」房依靜說，忽然看見他的表情，愣了一下，「等等，我剛剛是不是對病人說話太嗆了？」

段仕鴻「嗯哼」一聲，不置可否。他剛剛也說錯話，或者是說，說出心裡話。

「對不起，我不是故意的。只是這小女孩讓我想起我的女兒，她以前也讀金獅幼稚園。」

「我從來不知道你有個女兒。」

「如果她還在我身邊，我一定不會這樣對她，我會好好照顧她，絕對不會讓她有蛀牙……」房依靜目光陷入空洞，似乎回想起什麼。

「她現在在哪裡？」

「她……她跟著我老公走了。」房依靜神情落寞。

段仕鴻想回答「我從來不知道你有老公」或是「你居然有老公」，但終究還是忍住。

他改掉晚上約診，房依靜喜出望外的道別，葉凡芯則是淚眼汪汪的離去。他有些懊悔對她這麼兇，檔案流傳出去是她的錯，但追根究柢，始作俑者其實是他自己。

但沒時間了，當務之急是查出勒索信主謀。唯一能確定的是檔案曾經在李山河手中，而李山河已死，檔案如今又流落何方？也許調查李山河命案能理出一點頭緒，儘管希望渺茫，但只能盡力一試。

他在網路上搜尋相關新聞，一則一則細細閱讀，有一篇報導鉅細靡遺描述了五年前的「膠帶女童事件」：

> 兇嫌李山河，是鼎豐企業前董事長李松嶽的弟弟。十三歲時，便被稱為天才駭客，前科累累。曾經破解星星銀行的交易程式，違法盜得一千六百多萬，入獄服刑一年；也曾被懷疑破解外交部網站，在網站植入病毒；甚至多次破解並散布女藝人裸照，受害者包括林花玉、湯圓妹、甜妞、方自晴等女星，但因缺乏實際證據，檢方無法起訴。
>
> 五年前，疑似和哥哥李松嶽鬧翻，向檢方檢舉李松嶽違法交易以及洗錢等多項罪名，並提供證據。李松嶽被判服刑入獄，死於獄中。
>
> 李山河而後變本加厲，下手殺害素不相識的女童李晴，在其身上捆滿工業用膠帶，殺死女童後棄屍廢棄倉庫。女童母親也跟著下落不明，警方猜測很可能也慘遭毒手。

文章下面附上一張廢棄倉庫的照片。倉庫是一層樓式的鐵皮建築，占地廣大，大門兩側鐵架東倒西歪，明顯有鐵鏽侵蝕的痕跡，破碎的紙箱散落一地。

他仔細檢視，依稀可看見遠處的摩天輪。市區裡擁有摩天輪的建築只有翰林百貨公司，也就是說，倉庫就在翰林百貨的西南角。他又蒐集了其他關於倉庫的照片，找出倉庫的定位：翰林百貨公司西南角、索尼飯店東方、鼎豐企業大樓南方。他在地圖上三點定位出最接近的地點，然後撥出一通電話。

三十分鐘後，他佇立在郊區一座廢棄倉庫前。他拿起印出來的照片對照，點了點頭，果然是這裡。四周一片漆黑，唯有他車子的大燈隱隱約約照亮眼前建築。從倉庫門口放眼望去，裡頭就像一面黑幕，看不到任何東西，更看不到盡頭。

就是這裡。這個地方曾經發生過兩件命案：一個在五年前，一個就在前天。冷空氣撲面襲來，幾滴冷冰冰的雨水墜落在他手背上，他發現自己拿手電筒的手些微顫抖。

「你不是認真想進去吧？」柯毅豪站在他身後，一臉不敢置信。

「都到這裡了，當然要進去。」更何況，他沒有退路。

聲音彷彿被抽乾，四周不聞蟲鳴鳥叫，唯有稀落的雨水敲打著鐵皮屋頂，「滴答——滴答——」像一首樂曲的前奏。

「你真的確定要進去？」柯毅豪說。

「打開手電筒吧。」段仕鴻說。

他們走進倉庫，小心翼翼的用手電筒四下照射。眼前一排排高大的鐵架直向而立，邊緣生鏽斑駁，看樣子至少有幾十年的歷史，似乎一不小心推到，便會垮下來一樣。地面灰塵遍布，唯一例外的是中間三條路徑，有著來來去去的腳印痕跡。應該是前幾天警察進進出出所留下的。

空氣中有陳年的腐朽霉味。柯毅豪鼻子嗅了幾下，忍不住皺眉，拿著手電筒左右晃動，「我們是不是該先寫個不自殺聲明？」

「別說了，走這裡。」段仕鴻從正中間的小徑走進去。柯毅豪搖搖頭，跟隨在他身後。鐵架比想像中還長，一時走不到盡頭。偶爾幾隻老鼠從腳下穿過，把柯毅豪嚇得驚聲尖叫。

雨勢漸大，「乒乒乓乓」的下雨聲迴盪在巨大的倉庫裡，像重金屬音樂般吵雜喧鬧，灌滿了耳朵。

「阿鴻，我要跟你坦承一件事。」柯毅豪需要大聲說話才能蓋過越來越大的雨聲。

「嗯？」段仕鴻專心看著前方的路。在一片吵雜紛亂中，他似乎聽到細微的聲響——不一樣的聲音。

「大學班遊的時候，我根本沒去尖叫鬼屋。你知道嗎？他們一群人很興奮的去了，我裝作肚子痛，躲在房間休息。」柯毅豪說。

「我知道。」段仕鴻又往前走了幾步，命案現場究竟在哪裡？

「你知道？你怎麼知道？」

「那時候，我看你說話的表情就知道了。」

「表情？我有什麼表情？」柯毅豪挑高眉毛。

「你一直挑眉毛。」

大雨傾盆而下，乒乒乓乓。

他們終於走到鐵架盡頭。一個五坪大的方形空地映入眼簾，左右兩側各有一條走廊，該向左還是向右？

「右邊。」柯毅豪用手電筒指著右方。

段仕鴻這才注意到右側走廊拉著黃色警示線，「不錯嘛，還沒被嚇壞。」

「我回去可以跟大學同學炫耀了。」

他們放慢步伐，往右側踏上幾步，謹慎的四下打量。走廊盡頭處隱約可見一張木椅，但距離太遠了瞧不清楚。

「老兄，你不是想要進去吧？」柯毅豪說。

「不進去我們就白來了。」段仕鴻拉高黃色警示線，彎腰鑽進去。眼前一張木製椅子擺在正中央，前方地上沾了幾團泥沙，沙上有鞋印痕跡。他凝神一看，果真看見謝英口中的兩個英文字母：gh。

只是兩個字母寫得歪歪斜斜。那個 g 寫得很圓弧，底下彎回來的圓勾若有似無，h 則寫得方方正正，稜角分明。

「果然有寫 gh，但這是什麼意思？」段仕鴻自言自語，沿著椅子周圍繞了一圈。不遠處躺著斷了一隻桌腳的矮圓桌，桌面凹凸不平，明顯可見木頭一條條剝落，上頭還積滿厚厚的灰塵。他靠近一看，倒塌的圓桌下形成三角形的狹小空間，奇怪的是，中央有一個約莫手掌大小的長方形形狀，居然是乾淨的。這裡擺過東西，或者是……有東西掉在這裡？不管是什麼，現在都不在了。

他彎著身子，在矮桌附近仔細尋找，發現一塊細小的玻璃碎片。玻璃呈現扁平不規則狀，一端是圓弧，另一端是鋒利的直線，似乎是某個東西破裂所遺留下來的。

他靈機一動，從口袋掏出手機比對。長方形的區域，約莫是一支手機大小，而這塊碎片很可能就是手機摔下來時碎落的。

「這個 g 看久了，也有點像數字 9。」柯毅豪蹲在地上，歪頭看著泥沙。

「我懷疑李山河的手機掉在這裡，但被撿走了。」段仕鴻舉起手電筒，繼續往內找尋。大雨傾盆中，他似乎又聽到細微的聲響。

「還有可能是 q。不知道，他的字太醜了，我打賭他小學一定都不寫功課。」柯毅豪說。

「撿走手機的人，可能是兇手，也可能是警察。」段仕鴻看見牆邊有幾個傾倒的鐵櫃，櫃門都被打開，裡頭雜亂的擺放一些工具，像是螺絲起子、剪刀、板手等。看這凌亂的程度，感覺已經被警察徹底翻過一遍。

「gh？9h？qh？不管是哪個，我都想不出是什麼。」柯毅豪站起身來，拍拍膝蓋。

段仕鴻在鐵櫃周圍來回查探，忽然聞到一股異味。他用鼻子嗅了幾下，感覺異味來自鐵櫃下方。正想推開鐵櫃，遠方又再一次傳來聲響。

而這一次，連柯毅豪都聽到了。他們一同轉過手電筒，朝向走過來的路徑。

「窸窸窣窣」的細微聲響，混雜在雨聲滂沱中，像是一首搖滾樂曲跳出不合拍的音符，隱約而突兀。

「是……是誰？」柯毅豪顫抖著聲音說。

「我們該走了。」段仕鴻說。

他們迅速鑽過黃色警示線，回到方形空地。聲音越來越靠近，從另一側走廊傳來，聽起來像是急促的腳步聲。

他們快步往回穿過鐵架的長廊，忽然後方傳來巨大的撞擊聲響。柯毅豪臉上變色，大喊：「跑，快跑。」

下一秒，兩人舉步狂奔，沿途「乒乒乓乓」的撞倒一堆東西，紙箱和螺絲掉得滿地都是，左右兩側的鐵架搖搖晃晃，似乎隨時會整排倒塌。

眼前出現一道光線，他們終於跑到倉庫的大門前，正要奪門而出，忽然聽見身後「喀拉」一聲，像是手槍開保險的聲音。

「不要動。」一個男人大吼。段仕鴻和柯毅豪兩人瞬間定在原地，不敢稍動。

「雙手舉起來。」那男人命令。

他們別無選擇，只能乖乖舉起雙手，彼此對望一眼，在對方臉上都看見了恐懼。

「現在，轉過來。」

他們聽言轉身。那男人身穿警察制服，右手槍口對準段仕鴻，左手亮出警徽。他眉毛豎起，說：

「你們是誰？為什麼在這裡？」

看見來人是警察，段仕鴻鬆了一口氣，但隨即又擔心起來。他們私闖命案現場，很可能被當成嫌疑犯。

「我……我們是私家偵探。」柯毅豪說。

那警察瞇起雙眼，上下打量他們兩人。段仕鴻突然覺得這警察十分面熟，卻一時想不起來。

「私家偵探？誰聘請你們的？」那警察改把槍口瞄準柯毅豪。

「那個……這是機密，沒有辦法透漏。」柯毅豪退後了一步。

「我說不要動。」那警察大吼。

「你是趙明謙？」段仕鴻突然開口。

「你怎麼知道？」

「我……我在電視上……」段仕鴻頓了一下，改口說：「我認識謝英。」

「謝英？你怎麼認識我長官？」趙明謙收起手槍。他們兩人長吁一口氣，放下雙手。

「說來話長，總之，她來找我，她覺得李山河的死很不單純。」段仕鴻說。

「謝英還不放棄？她因為這件事情搞得灰頭土臉，都快要被降職了。」

「所以她才來找我們幫忙阿。」柯毅豪接口。

「那麼福爾摩斯先生和華生先生，發現了什麼沒有？」

「地板上，有gh的字樣。」柯毅豪說。

「這個我們早就知道了，謝英覺得那是兇手的名字。」趙明謙搖搖頭，一臉不以為然。

「我也覺得不是。」段仕鴻說。

「不是兇手名字，那是什麼？」柯毅豪說。

「我不知道。但李山河屍體是隔一段時間才被發現，代表兇手有足夠時間抹去所有證據。如果gh真的是兇手名字，兇手大可隨腳一抹，把泥沙抹去，那不就什麼線索都沒有了嗎？」。

「所以，兇手之所以把gh留著，是因為兇手也不知道那代表什麼。」柯毅豪說。

「或者是，兇手在尋找些什麼，只有李山河才知道在哪裡，所以兇手不想抹去這個唯一的線索。」段仕鴻接口。

「有點道理，你們果然是私家偵探。老實說，我剛剛還有點懷疑呢！」趙明謙呵呵大笑，輕拍段仕鴻的肩膀。段仕鴻尷尬地擠出微笑，柯毅豪則是一臉得意，拍拍胸脯。

「對了警察，請問命案現場有找到李山河的手機嗎？」段仕鴻說。

「沒有。」趙明謙伸手抓抓頭，「說到這個，我們也覺得奇怪，怎麼手機不在身上？跑去哪裡了？」

「那麼說來，李山河不是沒帶手機出門，就是手機被兇手撿走了。」段仕鴻說。

「拜託，現代人有不帶手機出門的嗎？更何況李山河是駭客。」柯毅豪說。

「所以你的意思是說，找到手機，就能找到兇手——如果有兇手的話。」趙明謙講到「兇手」兩字，還特別拉長語調。很明顯，他不覺得李山河是被害人，或是不在乎。

他們向趙明謙道謝，然後盡快逃離現場。開車回家的路上，段仕鴻忽然想起李山河某次看診時，曾提到自己就租屋在附近。既然是租屋，那麼李山河死後，應該也會重新出租。

他心血來潮，再度回到診所，從李山河的病歷檔找出他的地址，就在診所過去幾條街的位置。他立刻上租屋網站搜尋，發現李山河的住處正在特價出租，本來一個月一萬二的租金，現在降價只要八千元。

段仕鴻立刻撥了電話。「喂，你好，請問有房子在出租嗎？」

「少年仔，七晚八晚你打過來，不知道大家都要睡覺了嗎？」房東說。

「對不起，我……我剛下班。現在方便看房子嗎？」

「現在？現在晚上九點耶。你腦袋燒掉嗎？」

「那大概什麼時候比較方便？」

「都不方便啦！老子心情差的很，不租了，不租了。」

段仕鴻感覺房東正在爆走，只好拿出絕招，說：「我知道房租為什麼降價。你想要我在網站留言告訴其他租屋客嗎？」

「你……你……你什麼意思？」

「我聽說……跟最近的新聞有關。」

房東沉默一會，語氣裡已沒有剛剛的氣焰，「你要怎樣？」

「我要看房子。」

段仕鴻跟房東在一棟舊屋前會合。屋子有四層樓高，牆上的油漆斑駁剝落，外凸的陽台支架泛黃生鏽，看起來屋齡至少二十年以上。一樓的紅色大門半掩，房東用力推開門，發出「嘰嘎」的刺耳聲，裡面可見旋轉的樓梯，金屬扶手上滿是鐵鏽，樓梯上處處散落垃圾，骯髒凌亂。

「三樓。」房東身上帶著濃厚的菸酒味，臭著一張臉，領他到三樓。他們停在一扇老舊的金屬門前，房東用鑰匙打開門，率先走進去。

房間約莫八、九坪大，牆邊擺了張單人床和一組書桌椅。屋內空蕩蕩一片，只剩廁所前兩個大紙箱，裡頭橫七八豎塞滿了東西。

「那是什麼？」段仕鴻指著紙箱。

「前屋主來不及帶走的東西。」房東冷冷的說。

「他所有的東西都在這裡嗎？」

「不然呢？我敢把死人的東西拿來用？」

「有手機或電腦嗎？」他抱著一線希望，如果有，檔案應該就在裡面。

「沒有，別肖想了。我也希望有，拿去拍賣至少能賠償我的損失。誰知道，他沒有親友能收拾東西就算了，還留下一堆垃圾，要我專門請垃圾車來載。」

沒有手機，證明手機的確在命案現場被拿走了。然而電腦又怎會不翼而飛？

「在我之前有人看過房子嗎？」

「沒有，這年頭房子很難租出去。拜託你別亂搞我。」

「這幾天，有人來找過他嗎？」段仕鴻不放棄的追問。

房東嘴角歪向一邊，不耐煩的說：「有啦，就他前女友，說分手了要偷偷搬走，跑來跟我借鑰匙。其他我就不知道了。」

段仕鴻眼睛睜的斗大，走上一步，「那是什麼時候的事？」

「前……前幾天吧？」房東退後了一步。

「前幾天是哪一天？」

「不記得啦。我……我只知道他前女友晚上來借鑰匙，隔天新聞就爆出他死了。我還可惜怎麼不晚一天來搬，順便把他的東西全部搬走。」

就是那天晚上，命案發生的那天晚上，前女友來借鑰匙拿東西。不，這不可能是巧合，至少前女友一定知道些什麼事，說不定鴻品的機密檔案現在就在她手上。

「你記得他的前女友長怎樣嗎？有沒有什麼特徵？」段仕鴻說。

「我沒仔細看。長的還行吧，瘦瘦小小一隻。」

段仕鴻目光飄回兩個大紙箱，這裡面很可能有他們相處的照片，或是任何相關的線索。「謝謝你的幫忙，為了感謝你——」

「你要租房子了嗎？」房東滿懷希望的說。

「我幫你把這兩箱垃圾清掉吧。」

段仕鴻在房東幫忙下，把兩個箱子搬到鴻品二樓的倉庫。他擦掉頭上的汗水，把東西一一拿出來檢視，從動漫的模型公仔到湯匙碗筷，甚至連電風扇、吹風機都包含在內。書籍大約有二十來本，大多是電腦相關，像是程式設計、C/C++程式碼探索、物聯網崛起等。

忽然，有一本書吸引了他的目光。那是一本畢業紀念冊，泛黃的書面標題寫著「嵐山高中第四十五屆」，書況保持良好，邊邊角角甚至用膠帶貼起來，可見有多珍惜這本書。

段仕鴻好奇心起，翻開了扉頁，忽然一張照片飄落至地上。他撿起一看，赫然看見「膠帶女童命案」的小女孩——李晴。她身穿黃色運動上衣，紮進深藍色短褲裡，衣服上繡了一頭金色獅子的圖案。他立刻認出這是金獅幼稚園的制服。

照片裡李晴正在堆沙堡，清澈的海水淹到她赤裸的腳踝。她回頭大笑，露出一排白牙，看起來無憂無慮。

這張照片就這樣一直被珍藏在這本書裡。李山河和李晴究竟是什麼關係？兩人同樣姓李，難道有親戚關係？甚至可能……是父親。新聞說，李晴的母親失蹤了，難道她是李山河的老婆？但這怎麼可能，怎麼可能有人會狠心殺害自己的妻女？

段仕鴻越想越不對勁，當年的命案裡似乎埋藏著更深沉的真相。但是，這跟鴻品的機密檔案被盜有什麼關聯？不得知當年真相，似乎就無法解開李山河為何針對鴻品下手的謎題。

他想得出神，忽然發現海水面反射一個人影，那人蓄著一頭黑色長髮，正拿著相機拍照，胸前掛著金色獅子圖案的名牌。名牌上印著名字，但太過模糊了看不清楚。

這人是……李晴的幼稚園導師？她說不定會知道一些李山河的事情。段仕鴻將照片掃描到電腦上，調到最高的解析度，放到最大倍率，終於看見了一個名字——

范琬如。

第四章　第二天

早晨的太陽初升，段仕鴻站在金獅幼稚園的校門口，向警衛室詢問：「不好意思，請問范琬如老師在嗎？」

「有阿。你是誰？」警衛說。

「我是她朋友……的朋友……」他越說越心虛，又補上一句，「的朋友。」

「意思就是不認識？」警衛瞇起眼睛。

「我有急事要找她，方便讓我進去嗎？」

「你叫什麼名字？」

「段仕鴻。」

「等一下，我要問看看。」警衛拿起話筒聯絡。

段仕鴻抬頭打量這間貴族幼稚園。以幼稚園的規模來說，算是相當的豪華，不僅占地廣大，建築更設計成城堡模樣，搭配金色的鐵欄杆柵門，門兩側連著兩棟圓形建築，就像是城堡的眺望塔。其中警衛室就在右側眺望塔裡。

警衛點點頭，掛斷電話，「她說不認識你，但可以見你。」

段仕鴻辦妥入校程序，走進校園。左邊是一座噴水池，池面零零散散的點綴著漂浮玩具，右邊則是一座花圃，種滿各式各樣的花卉。

他依警衛的指示向右走，順著斜坡道來到玄關，左轉上二樓，終於看見「行政部門」的牌子。他伸手敲門，等了幾秒，聽見有人回答：「請進。」

「不好意思，打擾了。」他推開門，一陣輕柔的花香撲鼻而來。室內比他想像的還大，角落有張辦公桌，桌面凌亂的堆滿文件。正中間擺放了一張長方形矮桌，被棕色沙發圍繞著，好幾隻大型布偶就這樣擺在沙發上。看起來像是布偶們在喝著下午茶，令人會心一笑。

一名女子從電腦後方探出頭來，眉清目秀，不施胭粉，樸素的臉蛋卻讓人眼睛為之一亮。她睜著一雙大眼瞧著他，說：「你好，我是范琬如。有什麼能幫你的嗎？」

「嗨，你……你好。我是剛剛在警衛室要找你的人。」段仕鴻不知為何有些結巴。

「我知道，外面很熱吧？快進來坐坐。」

「這裡布置成這樣，真的很有童趣。」

「小朋友很喜歡，他們最愛下課衝來這裡，跟這些玩偶們說話，好像他們是好朋友一樣。」范琬如嘴角上揚。

「你很喜歡小朋友？」

「他們太可愛了，誰能不喜歡？」

「不一定。在牙醫診所裡的小朋友，就像小魔王一樣。」

「幸好我還沒見識過。」范琬如笑了笑，「你是牙醫師？」

「對，抱歉，還沒自我介紹。我叫段仕鴻，是牙醫師。」段仕鴻說，伸手和范琬如握手。

「很高興認識你。請問，今天來找我是為了什麼事？」

「我是想問你一件事。」他從口袋拿出李晴玩沙的那張照片。范琬如看了一眼，瞬間神色大變，臉上罩上一層寒霜。她霍然站起身，背對著他半晌不說話。段仕鴻有些不知所措。

「對不起，我……我冒犯你了嗎？」

「你要問什麼？」

「你以前教過她，是嗎？」

「都過去的事了，沒什麼好說的。」

「我只是……想要問……她和李山河——」

「對不起，我還有事要忙。如果你不介意的話——」她打開門，站在門邊望著他，意思很明顯。

「我……」段仕鴻站起身，緩緩走到門口。他還沒搞清楚狀況，這轉變太快讓他招架不及。

「再見。」她關上門。

「等等。」他及時用腳卡住門縫，看著她的雙眼，「我不知道你怎麼了，也不知道這是怎麼一回事。我只是……想知道……當年的事情。」

「事情就是她無辜的被殺害了，有什麼好說？」

「我在李山河珍藏的書裡，找到這張照片。他感覺很思念她，會不會……事情不是我們看到的那樣？」他把照片塞到她手裡，她顫抖的收下。

「如果，你也想追求當年的真相，請跟我聯絡。」他又塞了一張名片，轉身離開。

※

段仕鴻坐在轉角咖啡店的露天座位，單手撐著臉頰，凝視著對街的金獅幼稚園，憂容滿面。

忽然一個男人匆匆經過，撞倒他的咖啡，他大喊「喂——」，但那人完全沒有停下腳步的意思。他追上幾步，卻看見不遠處范琬如的背影一閃而過，而剛剛撞倒咖啡的男人，身材高壯，將上衣的黑色兜帽罩在頭上，亦步亦趨地跟著她轉進小巷子裡。

「小偷？」一個念頭閃過腦海，段仕鴻追了上去。小巷兩旁都是破舊的古厝，違停的車子把這條巷弄擠得密不通風。

他看見那男人默默跟在范琬如身後。隨著那人腳步越來越快，兩人距離也越來越近，突然一塊小石頭不小心被踢飛，撞上一旁車子的引擎蓋，發出「咚」一聲。范琬如警覺的轉過身，那男人就站在她身前，距離不到一個手臂，他的鼻子都快貼到她的額頭。

「阿——」她尖叫一聲，慌張的退後兩步。

「幹嘛大驚小怪。」那男人掀開兜帽，「看到我跟看到明星一樣要尖叫？」

「賴建哲，你有什麼毛病。」她眉毛豎起，神色不悅。

「我得了相思病阿，只有你治得好。」賴建哲伸手想摸她，她拍掉他的手掌。

「走開，我跟你已經毫無瓜葛。」她轉身要走，賴建哲卻抓住她的右手腕，她右手一摔，甩脫賴建哲的手。賴建哲再次抓住，這次用上了力，她甩脫不開。

「快放手，很痛。」

賴建哲用力一扯，把范琬如身體轉過來面對自己，另一手抓住她的左手臂，「琬如，你聽我解釋，她真的是我的乾妹妹，我們沒有怎樣。」

「放手。」

「范琬如，你要不要聽我說？」賴建哲大吼，把她的手往上抬，身體壓在一旁的車子上。她面露驚惶，兩行淚流下臉龐。

段仕鴻矮身在車子後方，一時拿不定主意。兩人看起來曾經是情侶，他該不該介入？

「不，你聽我說，我們分手了，不要再糾纏我。」她用盡力氣推開賴建哲，往巷口跑去，正朝段仕鴻的方向。

賴建哲怒吼一聲，衝上來抱住她，「你不當我女朋友，好，你就當我乾妹妹。」說著便要去親她嘴唇。她雙手亂揮，驚聲尖叫。

段仕鴻從一旁衝出來，大叫：「放手。」伸手拉開賴建哲，擋在她身前。賴建哲狠狠瞪他一眼，雙手比著中指，忿忿的走開。

「你還好嗎？」段仕鴻說。

「還好，謝謝你。你怎麼會在這裡？」范琬如說。

「我剛好經過，沒事就好。」段仕鴻轉身便要離去。

「李晴，」她突然開口，「你為什麼這麼執著於這件事情？」

段是鴻頓了一下，決定暫時不提勒索信。「我……我只是……覺得不對勁，想挖掘出當年的真相。」

他們回到咖啡店，選了角落的位置。范琬如將那張照片放在桌上，「五年前，我……我深受打擊，決定不願再提起這件事。但你剛剛救了我，所以……我會回答你三個問題。」

「三個問題？」

「對，三個問題問完，我就不再回答。」范琬如雙手環抱在胸前，「所以，你想好第一個問題了嗎？」

段仕鴻點點頭，開門見山的說：「五年前發生什麼事？」

范琬如眼神飄向窗外，陷入了回憶，「五年前，我是李晴的班導師，每天就是帶小朋友玩活動，放學時在門口等家長接送。李晴的媽媽很酷，和其他家長很不一樣，她不喜歡交際，總是獨來獨往，而李晴的爸爸則從來沒出現過。」

「那一天放學飄起毛毛雨，強風陣陣，看新聞是有颱風要來了。我送走所有小朋友，只剩下李晴一個人。一開始，我不以為意，因為李晴的媽媽常常遲到。」

「然而時間一分一秒過去，等了四十分鐘，李晴的媽媽仍遲遲沒出現。我有些著急，我和別人約好的電影再二十分鐘就要開演了。我一邊撐傘，一邊翻出家長聯絡簿，正要用手機撥號時，雨傘被風捲起，遠遠飛到對側的花圃。」

「雨勢開始變大，瞬間淋得我們全身濕透。我幫李晴戴上帽子，然後衝去撿我的雨傘，雨傘卡在樹枝上，我不敢大力拉扯，費了一會兒工夫才拿起來。然而當我回頭看時，噴水池旁已經沒有人了，只留下我的帽子掉在地上。」范琬如說完，已是聲淚俱下。

「這不是你的錯。」段仕鴻說。

「是我的錯，我一心認為是媽媽把她接走了，沒有再次確認。我……我撿起帽子，還……抱怨李晴媽媽怎麼這麼沒禮貌，然後就衝去電影院了。隔天一早，我就看到那則新聞。」

「李晴媽常常遲到，又不愛打招呼，你這麼想也是很正常的。」

「後來，我就辭去班導師職位，不願再提起這件往事。」她搖搖頭，擦去眼角的淚珠。

「對不起，我不是故意讓你想起傷心事的。」

「第二個問題呢？」

「李山河，你對他有什麼了解？」段仕鴻說。

「我第一次聽到他的名字是在李晴命案時，知道的大概跟你差不多。」范琬如聳聳肩，「再給你一次機會。」

「那麼，你有任何關於李晴或是她母親的線索嗎？任何都好。」

她歪著頭思考，「李晴媽媽是標準的模特兒臉蛋配上魔鬼身材，但不愛交談，我對她了解不多。只記得李晴常常更換頭髮造型，她們家就是開理髮店。」

「理髮師。知道在哪工作嗎？」段仕鴻眼前出現一絲希望。

「好像在……吉野街附近吧……我不太確定。」

他愣了一下，吉野街……那不就在鴻品附近嗎？只是在他記憶中，鴻品方圓百里並沒有理髮店，也許已經休業了。

「第三個問題，」他上半身前傾，雙手手腕靠在桌上，「你能查到嗎？」

「這麼久的事，可能比較困難……」范琬如說：「但我可以試試，看能不能在家裡那堆舊檔案裡翻出五年的家長聯絡簿。」

「謝謝你，真的。」

「別謝我。我幫助你，只是希望當年的真相能夠真正水落石出。」范琬如揹起包包，轉身離開。

※

晚上是和葉凡芯的約會之夜，但段仕鴻只覺得身心俱疲，躺在沙發上竟不小心睡著了。葉凡芯眼望著他，無奈的嘆了一口氣，正想伸手搖醒他，忽然聽見手機震動的聲音。

她躡手躡腳的靠近手機，來電顯示寫著「范琬如」。那是誰？她從來沒聽說過。她瞥了他一眼，他的頭歪向一旁，微張的嘴發出打鼾聲，似乎睡的正熟。她捏起手機，走進房間關上門。

「喂。」電話接起，是一個女人的聲音。

「喂，段醫師嗎？」

「你是誰？找他什麼事？」葉凡芯說。

「我是……他朋友，想通知他一個好消息。請問他在嗎？」

「他在忙，我幫你轉達吧。」

范琬如猶豫了幾秒，「那……麻煩告訴他，我查出李晴媽媽以前的理髮店了，也許這可以幫助他查出當年的真相。」

「當年的真相？」葉凡芯笑了一聲，「老實告訴你，段醫師不是那種熱血的人，他對真相什麼的一點興趣都沒有。」

「不……可是他說……」

「掛電話吧。別再打來了，我們不需要跟那慘死的女孩有任何瓜葛。」

「你在跟誰講電話？」忽然背後傳來段仕鴻的聲音，葉凡芯嚇了一大跳，聽見手機傳來「嘟——」掛斷的聲音。她動作迅速，手指在螢幕劃過，刪去來電紀錄。

「你在查我的手機？」段仕鴻緊繃著臉，從她手中奪回手機。

「我……我只是……」

「你以前從來不會。今天為什麼這樣？」

「我……我只是心血來潮，好奇一下——」

段仕鴻瞇起眼睛，「不是，一定是為了什麼原因——」

「你最近總是東奔西跑，不停加班。我不知道，也許……」葉凡芯的眼眶紅了，「也許你愛上別人了，就跟當初你愛上我一樣。」

段仕鴻愣了半晌，語氣軟化了下來，「我不會。我也許會犯錯，但絕對不會犯同樣的錯。」他很明白，這是他對曉華永遠的愧疚。

葉凡芯破涕為笑，像天真的小孩投入他的懷裡。

第五章　第三天

繁忙的禮拜一，段仕鴻從早至晚都在等待范琬如的電話，忙碌的工作讓他稍微逃離勒索信的煩惱。他疲累的收拾好包包，準備下班。此時，休息室電話響起。

「段醫師，現場有個病人衝進來說想洗牙。你要接還是約下次？」

段仕鴻往監視器望去，是個年輕女生，臉被遮住看不清楚，但身材苗條、凹凸有緻。他點點頭說：「可以。」

他走進準備好的診間，戴上手套，「你好，我是段醫師。請問今天是想要洗牙嗎？」

坐在診療椅上的病人抖了一下，迅速轉過頭來。兩人照面瞬間，都睜大了雙眼。

「是你。」段仕鴻和范琬如異口同聲的說。

他把螢幕上的病人列表往下一拉，發現最底下寫著「范琬如」三個字。剛剛只想把治療趕快結束，完全沒注意病人名字。

「我沒注意到……」兩人一齊開口，同時打住。葉凡芯拿著吸唾管站在旁邊，一聽見范琬如的聲音，頓時臉上變色，腳步悄悄向外移動。

「我沒想到你會大駕光臨。」段仕鴻說。

「相信我。看到你，我比你還驚訝。」范琬如站起身來，「抱歉耽誤你下班，我今天先不做治療了。」

段仕鴻滿臉疑惑，不明白為什麼范琬如態度如此大轉變，「我不懂，那你來找我做什麼？」

「我不是找你。」

「不是找我？那你來鴻品做什麼？」

「我問你，你調查這些事情，真的是為了找出當年真相嗎？」她雙眼如鷹盯視著他。段仕鴻閉上雙眼，誠實的搖搖頭。

「果然，我怎麼會傻到去相信有人想挖出五年前的真相。」

「我……我有苦衷。」

「什麼苦衷？」

段仕鴻搖搖頭，說：「我……我不想說。」范琬如嘆了一口氣，轉身就走。

他注視著她離去的背影，突然腦中靈光一閃，追至她身後，抓住她的肩膀，大叫：「我知道了！我知道了！」范琬如疑惑的轉過身。

「就是這裡，鴻品牙醫診所。」他滿臉震驚，「就是五年前的理髮店。她們就住在這裡。」

范琬如露出不可思議的表情，然後點點頭。

五年前的理髮店，五年後的鴻品診所；五年前住在這裡的李晴，五年後出現的李山河。這一切不可能是巧合。這棟房子就是關聯。李山河之所以對鴻品下手，不是針對誰，不是針對鴻品的機密檔案，而是想在這裡找到些什麼。

「段醫師，你是真的很聰明。」她冷漠的目光漸漸轉為欽佩，然後變成渴求，「我不知道你為什麼介入，但能讓我跟你一同調查嗎？也許……我能在你的協助下，還原當年的真相。」

段仕鴻先是微微一愣，然後用力點頭，「這是我的榮幸。」

「那麼，我們下一步該怎麼做？」

段仕鴻想都沒想，說：「衛方城。也許他能給我們需要的答案。」

第六章　第四天

段仕鴻站在高聳的鼎豐大樓前，抬頭仰望。七十八層樓的建築物蓋成四角椎體，錐體的尖端矗立著巨大的圓形標誌，圓身由無數條金屬線環繞而成，散發出金銀色的光澤，在太陽光下閃閃發亮。外牆由水藍色的玻璃覆蓋，呈現未來科技感。入口處的大門足足有兩層樓高，號稱二十四小時永遠敞開，兩側可見真槍實彈的警衛駐守。

鼎豐大樓，傳說中最戒備森嚴的高塔。為了防資料外洩，每個走進去的人，甚至連工人或清潔工，都要經過全身掃描，禁止任何金屬物品入內。進進出出的人們，都穿得輕鬆簡便，大多是簡單的T-shirt搭上運動短褲，有些人腳上還踩著拖鞋。

「久等了。我想這應該可以通過安檢吧？」范琬如身穿白色上衣，配著深藍色的短裙，露出修長白皙的美腿。他忍不住多看了幾眼。

「可以，你穿的體面多了。我只有這一套符合標準。」段仕鴻腳上的碎花沙灘褲讓他看起來一副剛從海灘走過來。

「你看起來要去度假。」范琬如笑了笑。

他們踏進大門，一陣微香撲鼻而來。香味來自大廳中央的圓形噴水池，幾朵蓮花漂浮在水面，開的正是茂盛。左右兩側分別有好幾道門，十幾個全副武裝的警衛站在角落，緊繃著臉，眼神來回掃描，嚴密監督來來去去的人。

門前立著小型櫃台，櫃檯人員笑容滿面的迎上來，九十度鞠躬，「歡迎光臨，請問需要幫忙嗎？」

「你好，我跟衛方城衛先生有約。下午兩點。」段仕鴻拿出名片。那人交給他一個感應器，招待兩人進入右側的金屬門。

門後是一個寬敞挑高的房間，室內明亮乾淨。正前方立著三個透明箱子，箱高約兩公尺，一旁有警衛和技術人員走來走去，像極了機場過海關的安檢。

「真的要去度假了。」他向范琬如豎起大拇指。

他們把手機和錢包放入置物櫃上鎖，然後分別走入透明箱子裡。簡短的鈴聲響起，箱門緩緩闔上，箱頂紅燈閃爍，一道橫向的紅色光束由下而上緩緩移動。

段仕鴻雙手併攏的站著，掃描到臉頰時，卻突然發出「逼——」一聲。他皺緊眉頭，微感困惑。箱門打開，一個技術人員向他走來。

「我不知道為什麼——」他說到一半，那技術人員微笑說：「沒事的，我只是要確認你口內的假牙。」

「原來如此。」他恍然大悟，張大嘴巴，讓技術人員拿著像手電筒的東西掃來掃去。

「確認完畢，感謝你的合作。」

他們沿著指示路線前行，沿途不斷有穿著海灘褲的工程師擦肩而過，經過掛滿油畫作品的走廊，轉個彎就看見了電梯。

等待約十分鐘，電梯終於到來。電梯門開啟瞬間，裡面的人如潮水一般湧出，他連忙把范琬如拉到一側。

人潮散去，他們走入電梯，一個蓄鬍的中年大叔也跟著進來，手上拿著一台平板電腦，看樣子是鼎豐配發的。那人全神貫注，手指在螢幕上飛快的滑動。

段仕鴻「逼」了一下感應器，頂樓的燈號瞬間亮起。他轉頭問那人：「你要感應嗎？」

「喔對，謝謝。」那人感應一下，六十層樓的燈號跟著亮了。

就在此時，三個工程師衝了進來，手上都捧著厚重的資料文件，一進來立刻把那人包圍。

電梯門關上，段仕鴻轉頭打量這四人。看來第一個走進來的位階最高，其他人一定是有求於他。

果然聽見其中一人開口：「連部長，這次的明星商品，你一定要投資我們筆電部門。我們目前正在研發的產品，比你手上這台還薄一半呢！」

另一人搶著說：「連部長，筆電薄那一點沒什麼意思，顧客也不會特別為這個買單。不如投資VR部門比較實在，我們是未來世界的潮流——」

「VR部門去年拿了多少錢，業績又如何？部長你應該很清楚。說到潮流，我們安管部門才是未來潮流。」第三人插嘴說。

他們三人鬥嘴，那連部長卻是恍若未聞，一派專注的滑著平板。

「笑死人了，安管可沒什麼發展性，監視器？監聽器？那只能穩定發展，才不會賺大錢。」

「不，你看，最近離婚率直線上升，每十對夫妻就有三對鬧離婚，監聽器正是最需要的東西。這才能掌握——」

「連部長，有了這筆投資，我們筆電有信心做的和紙一樣薄。」

「部長，我們VR有信心做出第一款結合線上遊戲的實境體驗，但需要你——」

「部長，我們監聽器能做的像一顆紅豆一樣小。噢，不，像咖啡豆一樣小的迷你監聽器，只要你——」

「那迷你監聽器幾百年前就宣稱研究出來，到現在還沒半個影子——」

「我們有阿，只是因為——」

「你那筆電還不是，這想法多久以前就有了——」

他們三人爭論不休之際，電梯門打開了。那連部長緩緩抬起頭，說了一句：「終於到了。」大步走了出去，那三個人緊跟在後，仍是不斷的高談闊論。

范琬如直到電梯門再度關上，再也忍不住，「噗哧」一聲笑了出來，說：「那部長已經被磨到這樣的境界了。」

「充耳不聞這招真的厲害，我想每個男人都該學會。」段仕鴻說。

「我以為你們男人都內建這個技能了。」

隔了幾秒，第七十八層樓到了。電梯門一打開，迎面而來的是一整片綠色地毯，地毯上擺滿了長沙發椅，看起來是等候區。右側牆邊有張凌亂的書桌，一個女秘書正對著電話機哩咕嚕的快速說話，雙手在電腦鍵盤上來回敲打。

盡頭處是一座棕色大門，門上鑲滿金色圓珠，看起來貴氣非凡。應該就是大老闆衛方城的辦公室。

「段先生嗎？」女秘書掛上電話，抬頭說。

「對，我預約兩點。」

「你提早來了，不過很幸運，前一個客戶取消。你可以進去了。」

她起身推開厚重的門，讓段仕鴻和范琬如走進辦公室。眼前擺著一張兩公尺長的紅木書桌，天花板掛著巨大的水晶吊燈，兩側牆邊分別立著一個超大書櫃和長型玻璃櫃。書櫃裡塞滿厚重的原文書和資料檔，玻璃櫃裡則展示各式各樣的古董藝品，花瓶、瓷甕、唐三彩等價值匪淺的收藏品。

「段醫師，歡迎，歡迎。」衛方城臉上帶著和藹的笑容，分別和兩人握手。
「衛老闆，你好。」段仕鴻說：「這是我的朋友范琬如。」
「范小姐妳好，第一次來拜訪鼎豐大樓嗎？」衛方城說，指著書桌前的兩張椅子，「請坐，請坐。」
「是阿。這裡的安檢真是太令人印象深刻了，不愧是全球前一百名的頂尖企業。」范琬如說。
「這安檢可讓那些工程師開心的呢！他們不用穿西裝打領帶，每天上班只要穿得像在家一樣就行了。」衛方城說。
段仕鴻微笑，突然注意到偌大的書桌上，除了幾支鋼筆和文書資料外，唯一的個人物品就是擺在桌角的條紋木質相框。照片裡小男孩咧嘴大笑，他的父親從背後緊緊抱著他，母親則親吻著他小巧的臉頰。
「不用懷疑，那小男孩是我……」衛方城下巴朝相片一點，「還很瘦的時候。」
「哇，你的臉一點都沒變，尤其是那兩道眉毛。」段仕鴻說。
衛方城得意的挑眉，「這兩道粗眉可是我的招牌。」
「這是你父母嗎？我從來沒看過。」段仕鴻說。
「你不可能看過，他們已經去世十幾年了。」
「噢，對不起。」
「沒關係的，十幾年了，早就放下了。」
天花板的燈突然閃爍了一下，衛方城眉間閃過一絲不悅，「對了，說了這麼多，還沒說到正事。段醫師，你說有急事想問我。」
「對，我想問你關於鴻品這棟房子前屋主的事情。」

衛方城愣了幾秒，「前屋主？」

「鼎豐企業買下那棟房子之前，有和前屋主接觸過嗎？」段仕鴻說。

「你怎麼突然對這件事好奇？」衛方城雙手交叉在胸前。

「我……」段仕鴻頓了一下，「因為一些私人因素。」

衛方城點點頭，沒再繼續追問，說：「這件事說來話長。時間有限，我就簡短跟你說明。大約五年前，前董事長李松嶽被判刑入獄。這件事你們知道吧？」段仕鴻點點頭。

「那時，我剛接任鼎豐企業董事長，就面臨紛至沓來的危機。公司信譽受損、廠商紛紛要求解約、資金周轉不足，公司股價更是一落千丈。」

「我記得，那時鼎豐天天開盤就跌停板，股價跌破一半。」范琬如說。

「范小姐說的沒錯，那時真的非常悽慘。為了彌補公司資金缺口，我提撥了一筆款項做業外投資，主要是針對房地產的部分。我買下幾筆划算的交易，其中一筆，就是現在鴻品的房子。」

衛方城沉默片刻，嘴角往下撇，似乎勾起一段不好的回憶，「經過一段時間，我才知道原來前屋主就是膠帶女童的母親。她失蹤之前，每個月都大肆購物，只繳最低應繳金額，後來失蹤了，信用卡公司要討回債務，那棟房子便被法拍了。」

「原來如此，那你和前屋主也沒接觸過了？」段仕鴻說。

「沒錯，只是我知道這件事後，內心不安，總覺得是這樣是落井下石。她已經失去了女兒，又失去房子。如果她還活著，回來時發現房子已經易主，豈不是孤苦無依？」衛方城說。

「這也不能怪你。你不買，還是有其他人會買下來。」

「她的東西不多，我把東西都搬到三樓的小倉庫存放。」

「你把她的東西都保留下來了？」范琬如驚訝的說。

「我當時想，如果有一天，小女孩的媽媽回來了，我就把房子還給她。她的東西都還在，住起來也比較心安，只是……她真的就消失了。」

就在這時，大門重新打開。女秘書站在門口說：「老闆，不好意思。下個預約時間已經超過兩分鐘了。」

「我們正好要走了，謝謝你，衛先生。」段仕鴻和衛方城握手道別。

※

段仕鴻和范琬如走出鼎豐大樓，夕陽餘暉打在身上，徐徐涼風拂面而過。如此美景當前，段仕鴻卻長嘆一聲，神情落寞。

既然衛方城從沒接觸過前屋主，那麼最後的線索，算是斷掉了。今天已經是第四天，他仍是毫無頭緒。他雙手緊握拳頭，死亡期限的壓迫如影隨形，他已經不知道該如何迎接明天。

「段仕鴻，請原諒我昨天的態度。」范琬如輕輕說：「我到現在才明白，你是真的很煎熬。」

「沒關係。」段仕鴻搖搖頭，「已經沒救了。」說完，邁開大步離去。三天後，他的人生將墜落谷底，一無所有。

「段仕鴻——」范琬如追了上來，「告訴我，我可以幫你。」

「沒用的，所有的線索都斷了。」

「我們重新來檢視有沒有細節漏掉，一定可以找出一點方向。」

「沒用的，我……」段仕鴻說。

「你試都沒試過怎麼知道沒用？」范琬如用力晃動他的肩膀，試圖讓他清醒，「只要還沒到世界末日，都不能輕言放棄。」

「只剩三天，我還能做什麼？」

「任何事。」范琬如堅定的說，伸出右手朝向他。那一刻，他凝視著她澄澈的雙眸，感覺到一種無所畏懼的力量，彷彿他真的能改變這一切。

段仕鴻握住她的手，一陣溫暖流入指尖。他將所有的事情都毫無遺漏的告訴她。她全神貫注的聽完，想了一會，說：「勒索信主謀，手上一定握有李山河的手機、或是筆電。」

段仕鴻點頭，「不是兇手，就是前女友。但也有可能是同一個人。」

她拿出筆記本，來回畫了幾個記號，用筆輕敲著頭，說：「我不覺得是同一個人。」

「怎麼說？」

「他前女友必須先和房東借鑰匙，才有辦法進入租屋處。對吧？」

「是這樣沒錯。」

「李山河是出門後被殺害。照理說，出門都會攜帶鑰匙吧？」

他恍然大悟，說：「如果是前女友殺了他，手上就應該有鑰匙，又何必去跟房東借？所以兇手另有其人。」

「只不過，前女友仍有很大的嫌疑是勒索主謀。」范琬如抬起頭，「那兩箱物品，還在嗎？」

「我翻過一次，沒有任何前女友的物品。」

「相信我。找出前女友蛛絲馬跡這種事，還是女人比較拿手。」

※

他們回到鴻品，段仕鴻把那兩大箱再度搬了出來。范琬如坐在鴻品休息室的地上，把箱子裡的東西一一拿出來檢視，並在筆記本上做紀錄。

她拿出一台吹風機，看了一會，搖搖頭，丟進一旁的袋子。接著又拿出一個筆袋，她打開拉鍊，把筆都倒在地上，一支一支仔細端詳。

「一支原子筆？」段仕鴻眨眨眼。

「也許他跟前女友借筆，筆上就有可能有她的姓名貼。」范琬如面露無奈，「我就是這樣發現賴建哲的第三個乾妹妹。」

「第三個？你怎麼能容忍——」

「容忍出現第三個嗎？」范琬如苦笑，「我那時……真的以為他會有所改變。但是……也許男人就是不會變吧。」她把筆袋用力砸進袋子。

「會變的。只要受到夠大的打擊，人都是會變的。」段仕鴻說。

「也許吧。」她聳聳肩，轉眼又丟了兩件牛仔褲。接著翻出了一本破破爛爛的筆記本，她快速翻閱本子，發現裡頭密密麻麻寫滿程式碼，還畫了一堆幾何示意圖。

「這是什麼？」段仕鴻伸手接過。

「我不知道，想問你看不看得懂。」

「我看不懂，但說不定裡面有gh相關的線索。」他開始一頁一頁查看。

「這又是什麼？」范琬如拿起一隻老虎玩偶左右搖晃。它約莫手掌大小，有著超級突出的下巴，和不成比例的圓滾身體，看起來有種莫名的喜感。

「這一點都不像李山河會收集的東西。」段仕鴻說。

「所以……很可能是前女友留下的。」范琬如把玩偶擺到另一側。

時間過得很快，轉眼過了三個小時。范琬如完全沒有休息，全神專注的檢視物品，段仕鴻則認真翻閱完全看不懂的筆記本。當他抬起頭時，發現兩個箱子都清空了，范琬如正在查看「嵐山高中第四十五屆」的畢業紀念冊。

「我就是在這本發現李晴照片。」段仕鴻說。

「紀念冊的最後兩頁，簽滿了名字，就像以前高中畢業時會做的事情。」范琬如說。

他坐到她身邊，湊頭去看。最後一頁用簽字筆簽滿名字，還有一堆留言寫著：勿忘我、癡情男子漢、給最帥的老李、最愛日本妹、煞氣的駭客天團等等，右下角還畫了一堆櫻花。

「櫻花？這是什麼意思？」段仕鴻說。

「你看，癡情男子漢。」范琬如指著書上的字。

「嗯哼，一首歌？」他點點頭，心想女人注意到的事情真的很特別。

「有人這麼稱呼他，代表他是個專情的人。若不是暗戀一個女生很久，就是有個穩定交往的女友，那麼那個女生可能就是前女友。」范琬如說。

「如果是這樣的話，她應該就在這本畢業紀念冊裡。」段仕鴻手摸下巴，「現在，我們只要找出這本畢業紀念冊裡最正的女生就行了。」

此時，手機鈴聲突然響起。段仕鴻接起電話，說：「喂，凡芯嗎？」

「你在哪？」葉凡芯的語氣顫抖，感覺情緒很不穩定。

「你怎麼了？你還好嗎？」段仕鴻說。

「你在哪裡？」

「我在鴻品。」

「你在鴻品幹嘛？跟誰在一起？」

段仕鴻皺眉，說：「我在鴻品處理事情，你——」

「你又跟那個范琬如在一起，對不對？」葉凡芯哽咽的說：「我們當初一開始也是這樣，總是偷偷在鴻品約會，直到有一天被尤曉華發現了，才東窗事發。」

「沒有。」段仕鴻心裡有些起伏。他不能否認他有些享受和范琬如在一起的時光，但是，他絕對不會再犯同樣的錯誤。

「對不起，凡芯，我沒有想到你的感受，但是你不用擔心。」段仕鴻說。

「她在你身邊嗎？」

「凡芯，你聽我——」

「你沒有跟她在一起？」

段仕鴻皺緊眉頭，閉上眼說：「沒有……我……」

就在這時，休息室的門打開。葉凡芯站在門後，眼眶紅腫，雙頰上都是淚水，她緩緩放下手機，看著段仕鴻。

下一秒，她轉身飛奔而出。

他愣在原地，一直到范琬如從背後推他一把，他才追了上去，葉凡芯卻早已不見人影。他站在鴻品的大門外，左右張望，忽然想起巷弄旁的停車場，跑了過去，果然看見葉凡芯坐在機車上掩面啜泣。

「對不起，我沒考慮你的感受。你不用擔心，我真的沒做任何對不起你的事情。」段仕鴻說。

「你發誓？」葉凡芯說。

「我發誓。」他毫不猶豫的點頭。

「好，那你把她的電話刪掉，再也不跟她聯絡。」

「我……」他猶豫間，手機響起，來電顯示正是范琬如。

葉凡芯神色大變，說：「你不刪除，我們就分手。」

「我不行，我現在有事情需要她的幫忙。」

「什麼事？」

鈴聲仍然在響著，他按下拒聽，把收到勒索信的事情原原本本的說了一遍。葉凡芯越聽臉色越差，聽到最後，從機車上跳下來。

「這……怎麼會這樣子？」葉凡芯說。

「所以，我目前需要她的幫助。」段仕鴻說。

「不，不不不，說不定……她就是前女友。」葉凡芯又接著說：「你看，她為什麼突然那麼熱心想幫忙？她怕你查出真相，才一直待在你身邊好誤導你。」

有那麼一瞬間，段仕鴻呆住了，葉凡芯的說法不是沒有道理。但隔了半晌，他還是搖搖頭。他相信直覺，那堅定的眼神是不會騙人的。

「我相信她。」段仕鴻說。

「但我不相信她。」葉凡芯說。

「你不需要，你只要相信我。」

「我相信你，阿鴻。只是……我能看看你手機的通訊紀錄嗎？」

段仕鴻嘆了一口氣，還是交出了手機，「說到底，你還是不相信我。」

就在那一瞬間，葉凡芯按下了刪除鍵，刪掉范琬如的電話號碼，連同所有的通話紀錄。

他驚怒交集，搶回手機，「你這樣，真的很、不、尊、重、我。」

「我不相信她，我不能讓你身陷危險。」葉凡芯說。

他掉頭就走，滿腔怒火差點就要爆發。她總是這樣，越來越肆無忌憚，越來越為所欲為。他差點就要把「分手」兩字脫口而出，但是，他還是強迫自己冷靜下來。

他氣憤地走回鴻品休息室，才發現人去樓空。那本畢業紀念冊攤開擺在地上，范琬如隨身的筆記本也丟在一旁，看起來離去匆匆。

他眼角餘光瞥見筆記本上，前女友註記處用藍筆畫了一個圈圈，然後圓圈上用紅筆打了一個大勾勾。他幾乎可以確定紅色勾勾是新畫上去的。

他感覺心跳加速，瞬間充滿希望。她知道前女友是誰了，所以才打電話來。但這太危險了！她怎麼可以自己單獨去找前女友？那可是會寫勒索信的人，難保會發生什麼事？

段仕鴻心急如焚，盯著翻開的畢業紀念冊。他必須找出前女友是誰，才能找到范琬如。范琬如可以找到，他也一定可以。

他來回看著翻開的那頁，忽然有個名字跳入他的眼簾：謝櫻花。

他赫然想起最後一頁的角落畫滿櫻花，還有什麼「癡情男子漢、最愛日本妹」的留言。他深吸一口氣，完全可以肯定，就是她——謝櫻花。

但這個名字太過陌生，根本不認識，范琬如怎麼知道去哪找她？謝櫻花、謝櫻花，他喃喃念了幾遍，忽然間靈光一閃。

他又仔細看了一遍謝櫻花的照片，一張稚氣的長臉，配上濃眉大眼。他的瞳孔瞬間放大，幾乎不敢相信自己的眼睛。

他拿出手機，按下一一〇。

「喂，請問謝英警官在嗎？」

第七章　前女友

夜幕低垂，范琬如站在三如分局的門口，來回踱步，猶豫著該不該進去。

她剛剛打了一通電話到警察局，表示想找謝英問事情，接電話的警察支支吾吾，最後回答：「謝英說她已經下班了。」她哭笑不得，只好馬上趕來這裡。

她在門前的階梯徘徊半晌，忽然看見一個人走出來。那人把頭上鴨舌帽帽緣壓低，加快腳步，和她擦身而過。

「謝英警官？」范琬如伸手搭住那人的肩膀。

「你認錯人了。」那人走得更快了。

「謝英警官，不知道你記不記得我，我是范琬如，李晴的老師。」她連忙追上。

那人嘆了一口氣，將帽緣往上略抬，露出一雙大眼，果然便是謝英。「剛剛打電話說有事情要問的就是你？」

「對，是我。」范琬如說。

「關於李山河的事情？」

「對，如果你方便的話，想耽誤你一點時間。」

「我不方便。」謝英頭也不回的走了。

「其實我是想問你關於謝櫻花的事情。」范琬如大聲說。

謝英驟然停下腳步，迅速回過頭來，滿臉驚疑之色，「你說什麼？」。

「我想問你關於謝櫻花的事情。」

謝英雙眉豎起，惡狠狠的瞪著她，范琬如毫不畏懼的迎上目光。兩人僵持片刻，終於謝英開口了。

「跟我來。」

謝英領著她來到附近的公共停車場。停車場裡空無一人，連路燈都沒有，唯有一彎新月高掛夜空，發出迷濛的光暈，隱隱約約照亮著眼前的路。

謝英按下汽車遙控器，一台黑色福特汽車發出「啾」一聲響。謝英往車子一指，說：「上車談。」

范琬如猶豫了片刻，還是打開車門，坐進副駕駛座。車內瀰漫一股檀香味，後照鏡上掛著一串佛珠。

謝英坐到駕駛座上，打開車燈，四周察看了一下，確定四下無人。「所以，你要談什麼？」

「五年前，李晴命案的時候，你剛當上菜鳥警察——」范琬如說。

「五年前？現在要翻五年前的事情？」謝英說。

「那時我哭得很慘，大罵李山河喪盡人性，你卻跟我說，李山河不可能是兇手。」

「對，後來我被長官斥責，說我隨意亂發言。我得到教訓了，行嗎？」

「不，我直到今天才知道，你當初那麼說，是另有原因的。」

「我不知道你在講什——」

「因為你那時正在跟他交往，不是嗎？」

謝英抿抿嘴，說：「我不知道你到底想說什麼？」

「你高中以前名叫謝櫻花，和李山河穩定交往多年——」范琬如說。

「你到底想怎樣？」

范琬如知道自己十之八九猜對了。她深吸一口氣，緩緩的說：「李山河死的那天晚上，你有去過他家嗎？」

謝英雙眼陡然睜大，嘴唇微動，看起來欲言又止。她頓了一下，別過頭說：「沒有。」

范琬如皺眉，從謝英這個反應，很難相信她沒去過。

「你拿走了李山河的什麼東西嗎？」范琬如說。

這次謝英反應更大，她手上的鴨舌帽掉落在排檔桿旁，身體向後仰，惡狠狠地瞪著范琬如。

是她，一定是她。范琬如幾乎可以肯定，謝英在李山河死的那晚去過他家，還帶走了筆電。

忽然間，謝英按下整台車的車門鎖，發出「篤」一聲，她面目猙獰，身體前傾，壓向范琬如。

「你是怎麼查到的？」謝英說。

「我……」范琬如想開口，卻發現嘴唇在顫抖。

「還有誰知道這件事？」謝英聲音沙啞，一個字一個字慢慢的說。

范琬如想尖叫，卻發現喉嚨卡住了，她身體向後退，幾乎壓到整個車門上。她手忙腳亂地拿出手機求救，卻在慌亂之中，手機摔到椅子下。她連忙彎腰撿起，哪知謝英動作更快，左手像鎖鏈一般拴住了她的右手臂，范琬如用力的連甩三下，都甩脫不了。

「說，你怎麼查到的。」謝英大聲說。

范琬如腦中念頭急轉，她必需要逃離這個地方。她右手假裝用力晃動，左手緩緩的伸到身後，壓到車門上，「你做過的事，總會留下痕跡。」

「我早已斷掉和過去所有的牽連，你怎麼可能查到？」謝英說。

「謝櫻花。」范琬如聳聳肩。她的左手指來回在車門上摸索，摸到了窗戶邊緣。

謝英沉默了，睜著一雙大眼盯著她，范琬如瞬間不敢稍動。

「是畢業紀念冊？」

范琬如不知該不該點頭，她嘴唇微張，欲言又止。

謝英突然笑了出來，然而笑聲裡殊無半點笑意，她「哈哈哈」的笑了幾聲，然後又「哈哈哈」的狂笑不止，尖銳的笑聲迴盪在車子間，既空洞又刺耳，令人毛骨悚然。

「別笑了。」范琬如大叫。

「這些年，我處心積慮的想抹去我和李山河所有的關聯，就算我改名換姓、就算我袖手旁觀、就算我拒絕幫忙，就算我做了這所有的事情，都還不夠！都不夠！只要一本畢業紀念冊就可以揭發我的過去，阻擋我的警察生涯，你說好不好笑？好不好笑？哈哈，哈哈。」

范琬如咬緊下唇，她的手指沿著車窗緩緩向下，摸到一個凹槽，是車門開關，她的心跳了一下。

「除了你，還有誰知道這件事？」

范琬如皺緊眉頭，如果說有同夥，也許謝英下手就會有所顧慮。

「那個最近跟你走很近的段仕鴻，他知道嗎？」謝英說。

「你……你竟然在監視我們？」

「哼，他是嫌疑犯，不，你們都是嫌疑犯，我當然要監視。」

「他不知道，」范琬如閉上雙眼，「他什麼都不知道。」

「所以就只有你？」謝英整張臉幾乎要貼到范琬如臉上，她的雙眼直視著范琬如，似乎想看穿些什麼，「該不會，你就是她？」

「她？你在說什麼？」范琬如的手指爬上車門鎖，現在，她只需要用力一拉。但有一個問題，打開車門鎖會發出聲響。

「別裝傻，就算全天下的人都以為你失蹤了，我知道你沒有失蹤。你只是去整形，變成一個完全不一樣的人。」謝英說。

「什麼鬼？我從來沒整形好嗎？」范琬如說。

「證明給我看。」謝英用力捏了一下范琬如的鼻子。

范琬如撇頭甩脫謝英的手，「我不用證明，沒有就是沒有。我問你，整過形的人敢素顏出門嗎？」

謝英上下打量范琬如，「這車燈太暗了，我看不清楚。」

「你拿手電筒來。」范琬如說，她的手指壓在車門鎖上，蓄勢待發。

謝英轉身往後座尋找手電筒。說時遲，那時快，范琬如用力扳開車門鎖，發出「篤」一聲，她還來不及推開車門，就聽見耳邊傳來「喀搭」聲響。

「不准動。」

范琬如慢慢的轉過頭來，一把手槍正指著她的腦袋。她全身顫抖，再也忍不住眼淚，「謝英，你不需要這樣——」

「我早就懷疑，殺害李晴的人必定是和她很親近的人，不管是老師，或是母——」

忽然間，車門被打開，范琬如頓時重心不穩，向後仰倒。她驚聲尖叫，卻發現跌在一個軟軟的東西上。她抬頭一看，看見一雙充滿擔憂的清澈眼睛。

「是你，你怎麼來了？」

「對不起，我——」段仕鴻說。

「她有槍！」范琬如跳起身來，拉住段仕鴻的手往外跑。

「琬如，你聽我說——」

兩人才奔出幾步，就看見謝英擋在面前，表情肅殺，手上緊握著手槍，槍口直指著范琬如。

段仕鴻將范琬如推到身後，大聲說：「謝英，你瘋了嗎？」

「是你們到底想怎樣？」

三人目光對峙，氣氛一時僵持不下。就在此時，樹叢突然「窸窸窣窣」的晃動，樹枝被排開成兩邊，趙明謙從中間走了出來。

「趙明謙，你半夜躲在樹叢裡幹嘛？」謝英說。

「我……我……」趙明謙抓抓頭，「這位福爾摩斯先生跑來分局找你，說有很重要的事情，我看他很焦急，就跟著他出來找人……」

「很好，他們兩個是命案的嫌疑犯，你快把他們抓起來。」謝英說。

「長官，這……」趙明謙走進謝英，緩緩壓下她的槍口，附在她耳邊說：「你因為這件命案搞到快要被降級了，不如就先……先放手不管吧。」但他說得太大聲了，段仕鴻聽得一清二楚。

謝英目前職位岌岌可危，若再傳出她是李山河前女友的事情，簡直是雪上加霜。段仕鴻甚至懷疑，謝英之前說「不逮捕李山河，是為了放長線釣大魚」，都是她編出來的藉口。

「謝英，做個交易吧。」段仕鴻說。

「什麼交易？」謝英瞇起眼睛。

「我們將謝櫻花的事情守口如瓶，你——」

「謝櫻花？那是誰？」趙明謙說。

「閉嘴。」謝英下巴朝段仕鴻一撇，「你要什麼？」

「收回那封信，還有永遠刪除我的……檔案。」
「什麼信？」謝英滿臉困惑。
「勒索信。」
「什麼勒索信？」
「那封寄到鴻品的勒索信。」段仕鴻皺眉。她在裝傻嗎？
「你收到勒索信？」趙明謙睜大雙眼，「幹嘛不報警？」
謝英冷笑一聲，「因為他有把柄落在別人手上阿，白痴。」
「既然我們互相握有把柄，不如兩件事就一筆勾銷。」段仕鴻說。
「我不知道你說什麼勒索信，我從來沒寄過。我真的要勒索你，一定是拿槍指著你的頭，沒在搞那什麼寄信的小玩意。」謝英說。
「你……」段仕鴻頓了一下。謝英說的有道理，她橫衝直撞的個性和勒索信完全搭不上邊。
「她剛剛承認在李山河死的那晚去過他家，還拿走他的東西。」范琬如說。
「真……真的嗎？」趙明謙張大了嘴，退後幾步，轉頭看著謝英。
「趙明謙，你要相信我，我等會會跟你解釋。」謝英說。
「那就現在解釋。」段仕鴻大聲說。
謝英緊閉嘴唇，目光來回掃過眼前三人，最後嘆了一口氣，「我那天晚上去了他家。對，但那是他叫我去的。」
「他叫你去，為什麼？」段仕鴻說。
「我不知道，」謝英不斷的搖頭，「他前陣子一直打給我，說他找到證據了——」

「什麼證據？他那時候還沒死不是嗎？」趙明謙歪著頭說。

「你這白痴，當然是五年前的李晴命案，他心心念念就是五年前的事件……他說，他找到證據了，這一次一定可以將兇手繩之以法。」

「什麼證據？」趙明謙說。

「我不知道，我當時只想擺脫他，完全不理會。」謝英忽然打了自己一個耳光，「如果那時，我肯聽他的話就好了，為什麼我總是不聽他的話？」

「知道證據是什麼嗎？照片、簡訊還是什麼？」段仕鴻說。

「不，我不知道，他從來沒告訴我。不管是什麼，都被人偷走了。」謝英搖搖頭。

「不是你嗎？你不就是那個借鑰匙的前女友？」范琬如說。

「什麼借鑰匙？我到的時候，鑰匙就插在門上。」

「你的意思是，有人早你一步到他家？」段仕鴻說。

「我何必騙你。我手上要是有證據，立刻衝去逮捕那人渣，絕對不容許這種人在外面逍遙。」

「我相信你。」趙明謙說。

「我勉強相信。」范琬如說。

「我不相信，」段仕鴻搖搖頭，「我想知道那天晚上究竟發生什麼事。」

謝英翻了一個白眼，「那天晚上，他打電話給我，說有人在跟蹤他，叫我趕快去他家拿證據。但是那天事情特別多，我忙到很晚。到他家樓下時，我打了五六通電話都沒接，我覺得不太對勁，馬上上樓去敲門。」

「他在家嗎？」趙明謙說。

「他不在家，他不在家……」謝英語氣有些哽咽，「我低頭一看，發現鑰匙插在門上。」

「已經有人來過了？」段仕鴻說。

「我打開門，眼前一團混亂，整個房間都被翻遍了，東西亂七八糟的倒在地上。不管……不管他本來要給我什麼，都已經不在了。」

「李山河有交過其他的女朋友嗎？」段仕鴻說。

「沒有，當然沒有。」謝英大聲說：「他這麼努力證明自己的清白，就是為了重新跟我在一起。」

「那你拿走了什麼？」范琬如說。

謝英沉默了幾秒，「不說清楚，你們就是不打算相信我，是嗎？」

趙明謙搖了搖頭，段仕鴻和范琬如卻點點頭。

「是一本書，我也不知道為什麼留給我。」謝英說。

「什麼書？」段仕鴻說。

「難道是遺……」趙明謙說到一半，用手遮住嘴巴。

「牙科教課書。」謝英說。

段仕鴻張大了嘴。牙科教課書？他實在想不出牙科和駭客有什麼關聯。

「你怎麼知道是留要給你的？」范琬如說。

「他在上面畫了櫻花，我知道那意思。還好小偷看不懂，才沒有拿走。」

「那本書現在在哪裡？我能看看嗎？」段仕鴻走上一步。

謝英瞥了他一眼，閉口不說話。

「沒問題的，他是牙醫師，應該看得懂。」趙明謙說。

「白痴，不是這個問題。」謝英說。

「我知道因為這本牙科書，你懷疑我是兇手。但是拜託，看看我現在的模樣，我也是受害者。」段仕鴻說。

謝英猶豫半晌，最後還是打開了後車廂，拿出一本厚約三公分的書，交給段仕鴻。沉甸甸的重量讓他右手一沉，他改用雙手抱著，將書翻到正面，書名寫著「牙科初階入門」。還好，是中文書。

「我已經翻了好幾遍，裡面什麼暗號都沒有。雖然我很懷疑……但是，如果你真的找到什麼，請馬上告知我。」謝英說。

「我會的。」段仕鴻說。

「另外……關於這些事情，我希望你和范小姐能保密。」

「我明白。」段仕鴻說。范琬如也點點頭。

謝英瞥了范琬如一眼，「段先生，你覺得范小姐什麼樣的妝最好看？」

段仕鴻愣了一下，「她從不化妝。」他轉頭凝視范琬如的雙眼，「但都很好看。」

趙明謙走上幾步，拍拍段仕鴻的肩膀，「老兄阿，關於勒索信的事情，如果需要警察幫忙，千萬不要硬撐。」

「我知道，我……」

趙明謙附在他耳邊悄聲說：「這種情況我們見多了，要辦也有一定的方法。有時候硬撐太久，他們一怒之下，反而把兩個人的私密照傳了出去。這樣對范小姐不太好……」

「不，不是不是。你誤會了，我們不是……而且也沒有……」段仕鴻連忙搖頭。

「好啦好啦，沒關係，我不是你老婆，不用跟我解釋。如果需要幫忙，再跟我們說一聲就行了。謝英這人刀子嘴，豆腐心，她會幫你的。」

段仕鴻苦笑，「那就謝謝了。」

謝英扭著趙明謙的耳朵離去，他們的背影漸行漸遠，隱隱約約傳來對話聲。

「你這白痴，他們才不是因為床照被勒索。」

「唉唷，好痛阿，長官你怎麼知道——」

「廢話，我有眼睛。」

「唉唷，唉唷。」

段仕鴻微微一笑，忽然肩膀傳來重量，他回頭看見范琬如單腳站立，一隻手扶在他肩上。

「你……還好嗎？」他及時抱住跌倒的范琬如。

「我……我腳有點痛。」范琬如搓揉著右腳。段仕鴻低頭一看，她的右腳腳踝紅腫變形，似乎還腫起一個包。

「你扭到了？」

「剛剛跑太快，好像扭到了。」

「這要趕快冰敷，你先暫時別走路。」他將范琬如橫抱起來，「很晚了，我送你回家。」

「那就……謝謝你了。」范琬如說。她雙手環抱著段仕鴻的頸部，頭輕輕靠在他的肩上。段仕鴻感覺她的鼻息近在咫尺，熱氣不斷吹到脖子上，臉頰不自覺的紅了起來。

「我車子停在警局旁邊，你再忍耐一下。」段仕鴻儘量放輕腳步。冷風拂過，吹起范琬如的髮絲，輕拍他的臉龐，鼻中隱約聞到陣陣清香。

「不，你才再忍耐一下，我知道很重的。」

「還行，這段路走完，就可以出國比賽舉重了。」

「喂，」范琬如作勢扭住他的耳朵，「你真想要出國比賽，那可能要一路走到我家才行。」

「你家在哪？」

「不遠，大概走個半小時就到了。」

「這麼享受的重訓，我走上一整天都不成問題。」段仕鴻說，話一出口就有些後悔，他在說什麼呢？他已經有女朋友了，就不該說這種輕浮的話。

夜幕低垂，路上空無一人，兩人相對無語，尷尬的氛圍瀰漫空氣中。

段仕鴻輕咳一聲，打破了沉默，「那個，今天，謝謝你。」

「我做事太衝動了，害你跑來跑去，也沒幫上什麼忙。」

「你很勇敢，是我見過最勇敢的女孩。」

范琬如笑了一聲，「那是你沒看到。剛剛被謝英爾在車子裡的時候，我真的好害怕，害怕到腳都軟了，差點跑不動。」

「對不起，是我拖累你。」

「不，是我自己要來的。」范琬如搖搖頭。

「我保證，不會再讓你受到傷害。」

「我相信你。」范琬如說。

「謝謝你，真的。」段仕鴻心頭一暖。那一刻，突然覺得自己並不孤單，有人願意陪他面對這一切。

※

當段仕鴻開車抵達范琬如家門口的時候，已經晚上十一點了。范琬如的家是獨棟的一間房子，門口兩側擺著一排盆栽，栽種著各式各樣的花卉，香味瀰漫。

他將范琬如抱下車，走近門口，忽然看見一個男人坐在門前打盹，那人頭上罩著兜帽，遮住了臉。

范琬如皺了皺眉頭，將臉別向一邊。

那男人聽見腳步聲響，緩緩抬起頭來，露出一個燦笑。段仕鴻認出他，是范琬如的前男友。

賴建哲臉上笑容瞬間扭曲，憤怒的衝上前，用力推段仕鴻的肩膀，說：「你是那天那個男的？你他媽的在這裡幹嘛？」

段仕鴻退了一步，怕范琬如不小心被弄傷。

「你才在這裡幹嘛？」范琬如說。

「我……我在等你回家阿。」賴建哲瞪著段仕鴻，「這男人是誰？幹嘛一直抱著你不放？」

「要你管，你走開。」范琬如說。

「琬如，你怎麼這樣。我可是為了你，已經站在這裡等了三個小時了。」

范琬如轉頭不去理他，拿出鑰匙想開門，誰知門輕輕一推就開了。她大吃一驚，迅速回過頭來，看見賴建哲臉上掛著得意洋洋的笑容，中指上吊著一支鑰匙晃來晃去。

「你去哪偷來的鑰匙？」范琬如說。

「你藏在盆栽下的阿。你之前總是說，如果忘記帶鑰匙，就拿盆栽下面的備用。」

范琬如愣住了，這的確是她的習慣。而在分手之後，她竟忘記把備用鑰匙收起來。

「你偷溜進我家？」范琬如說。

「哼哼，我很早就來了，一直等不到你。我還幫你摺好衣服，幫書桌上那盆仙人掌澆花——」

「還來。」范琬如伸出右手。

「琬如，你怎麼生氣了，我——」

「你不還來，我要報警了。」

賴建哲大急，把鑰匙丟到范琬如手上，「好嘛，好嘛，還你。」

「你走吧，我不想再見到你。」

「琬如——」

段仕鴻抱著范琬如走進大門，不去理會身後賴建哲的叫罵。

一樓是停車位，一台紅色機車和腳踏車幾乎占滿整個空間。段仕鴻走上二樓，映入眼簾的是乾淨整潔的客廳，擺了玻璃方形矮桌和兩張長沙發，幾隻大型玩偶東倒西歪的躺在沙發上。

段仕鴻將范琬如輕輕放在沙發上，從冰箱裡拿出一包冰塊幫她冰敷，她連聲道謝。段仕鴻在她身旁坐下，四下打量這間房子。

「你家……感覺很溫馨。」

「這是我家的舊家。後來我爸媽搬去南部，這間房子就讓給我住。」

「裝潢滿漂亮的，感覺看出去風景也很好。」段仕鴻走到窗邊，探頭向外看。

「想住了嗎？」范琬如笑著說。

段仕鴻心中一動，卻沒答話，假裝在觀賞窗外的風景。忽然看見樓下門外站著一個人，左右徘徊。

「開玩笑的，我不是那個意——」

「賴建哲。」段仕鴻忽然說。

「賴建哲怎麼了？」

「他還在樓下。」

范琬如皺眉，「他怎麼還不走。」

「他總是這樣糾纏你嗎？」

「之前偶爾會在樓下堵我，但每次我叫他走開，他就會離開了。沒有像今天這樣賴著不走。」

「那就怪了，不知道他想幹嘛？」段仕鴻聳聳肩。

「大概是看到你吧。」

「看到我，所以捨不得離開嗎？」段仕鴻笑著說。

「想不到你這麼有魅力，男女通吃呢。」

「我在這裡等到他走我再走，不然我不放心。」

范琬如笑了笑，「我想賴建哲心裡，也是跟你一樣的想法。」

「不放心我嗎？你有這麼可怕嗎？」段仕鴻坐到范琬如身邊，把她從頭到腳看了一遍，「看起來還沒變身，還好今天不是滿月。」

范琬如「噗哧」一聲笑了出來，「才認識你幾天，你就露出本性了。」

「看我在誰身邊，就是什麼樣子囉。」段仕鴻注視著范琬如的笑臉，他很喜歡她笑起來的樣子。

「是這樣嗎？那你現在在我旁邊，怎麼還沒變身？」范琬如說。

「還沒關燈阿。你一關燈，我就變身了。」段仕鴻說。

「原來你是吸血鬼阿。」范琬如玩心一起，作勢要去按沙發後的開關，「我倒要看看你會變成什麼樣子。」

「不行，不行。」段仕鴻拉長身體，作勢阻攔。

兩人打鬧間，段仕鴻一個不小心壓到了開關，四周瞬間陷入一片漆黑。他抓住沙發手把，想站起身來，手掌卻抓到一個軟綿綿的東西，他吃了一驚，隱約聽見范琬如「啊」了一聲，連忙鬆開雙手，卻一個重心不穩，往前撲倒。

他感覺到范琬如柔軟的身軀被壓在身下，瞬間面紅耳赤。她的呼吸氣息，就吐在他的頸間，他脖子一陣酥麻，耳朵聽見范琬如的呼吸聲越來越急促，他全身火熱難當，只想低頭去吻她的唇。在這片刻間，他腦袋轉過千百個念頭，內心掙扎不已，天使和惡魔在內心交戰。他大口吸氣、吐氣，最後用力一撐，坐起身來。

有那麼幾分鐘，客廳裡一片靜默，然後燈被打開了。段仕鴻低著頭，不敢去瞧范琬如。

「我……有點累了。我先去洗澡。」范琬如說。

段仕鴻點點頭，臉頰卻更紅了，他沒辦法去思考她是什麼意思。

浴室裡傳來「嘩啦嘩啦」的水聲，他想起了葉凡芯，眼前再度浮現曉華哭的聲嘶力竭的畫面，他的心糾結了一下。不行，他他不能再犯一樣的錯誤。

段仕鴻走到窗邊，拉開窗簾一看，賴建哲已經離開了。他留了一張紙條，說樓下已安全，他先回家了。

開車回家的路上，段仕鴻腦中昏昏沉沉，他不知道自己是否做了正確的決定，也不知道自己究竟想要的是什麼，他很想改道去「歸人酒吧」，就這樣坐著喝到天亮。

但是，他知道他還有更重要的事情要做。距離期限還有三天，一切都還有希望。如今最重要的，是要找出那位自稱李山河前女友的人。是謝英說謊，還是真的另有其人？還有那把插在門上的鑰匙，很有可能有兇手的指紋。

段仕鴻回到家的時候，葉凡芯已經躺在床上睡著了。他微微一笑，從背後抱著她，感覺自己似乎做對了一個決定。

第八章　倒數第三天

隔天一大早，段仕鴻就打給謝英，說服她一同去拜訪李山河的房東。她先是百般不願，一直到段仕鴻表示鑰匙上可能有兇手的指紋，才勉強同意。

他們兩人在李山河的租屋前會合。段仕鴻推開生鏽的大門，一股潮濕味撲鼻而來，他們走上三樓，在一扇藍色鐵門前停下。門兩側的牆柱上貼著褪色的春聯，看起來很久沒更換，上頭還積了一層灰塵。

「你確定房東住這裡？」謝英說。

「我上次來的時候房東自己說的。」段仕鴻伸手敲門。

「萬一李山河那間房租出去了怎麼辦？鑰匙不就被拿走了。」

「還沒，我剛剛來之前，有先上網查──」

話說到一半，鐵門緩緩打開，一顆頭探了出來。那人一看見段仕鴻，瞬間臉色垮了下來，「你……又是你。」

「房東你好，不好意思打擾了。想不到你記憶力這麼好，還記得我。」段仕鴻說。

「你要幹嘛？」

「我想請教你，關於那天晚上的李山河前女友的事情。」

「我就說了，我不記得阿。那天晚上匆匆一眼，我哪有印象阿？」

「她有沒有什麼特徵，臉上、手上、或者是穿著什麼特別的服裝嗎？」

「我不記得阿。就穿的很普通，瘦瘦小小的一隻。」
「那麼身高和她比起來，」段仕鴻指著謝英說：「大概在什麼高度？」
「她這麼高，那個前女友大概只到……」房東伸手比劃了一下，在謝英肩膀的地方停下來，「大概到這邊吧。」
謝英「哼」了一聲，小聲說：「我想說你幹嘛一定要找我來，原來是想證明我有沒有說謊。」
段仕鴻被戳破心事，臉上一紅，說：「沒有啦，主要……主要是要讓你拿鑰匙去鑑定阿。」
「什麼鑰匙？」房東歪著頭說。
「我是警察，關於李山河的命案，正在蒐集相關線索。」謝英亮出她的警徽，「根據我們的資料，李山河的房間鑰匙很可能是證物。」
「什麼證物？他不是自殺嗎？」
「先生，請交出他的鑰匙。我們一完成鑑定，會立刻交還給你。」謝英說。
「這樣我是要怎麼租房子？」
「三天。三天後馬上還你，麻、煩、了。」謝英說。
在謝英的淫威之下，房東只能妥協。他走進屋裡，取出兩把鑰匙，丟入謝英手中的證物袋。
「三天喔。」房東說。
兩把鑰匙？段仕鴻心裡跳了一下，說：「一間房間總共兩把鑰匙嗎？」
「對阿，一把給房客，一把放我這裡備用。」
「那麼，另一把鑰匙你是怎麼找到的呢？」
「怎麼找到的……嗯，說也奇怪，我看到時，這把鑰匙就這樣插在門上。」

段仕鴻雙眼睜大，說：「你發現時，這把鑰匙就插在門上嗎？」房東證明了謝英說的是實話。

「對……你這麼一說，我才覺得奇怪，鑰匙怎麼會自己插在門上？」房東抓抓頭。

這麼說來，命案發生那天晚上，有三個人來過。前女友是第一個人，向房東借了鑰匙開門，最有可能拿走筆電，也最可能是勒索信主謀。第二人是兇手，留下了鑰匙。第三個才是謝英，這也是為什麼謝英抵達時，屋子裡早就裡外被翻遍，而她什麼都找不到。

「原來如此。」段仕鴻轉頭對謝英說：「你是第三個抵達的人。」

「哼，都怪這笨房東，人家自稱是前女友，你就相信了。那每個小偷都自稱是朋友，跟你要鑰匙就行了。」謝英說。

「喂，你說這什麼話。我之前看過李山河跟她在一起，還帶她上樓。都可以進房間了，難道不是女朋友？」

「你說什麼？他帶她進房間？」謝英走上兩步，滿臉脹得通紅，拉著房東的衣領，咬牙切齒的說：「那女人到底是誰？」

「我不知道阿。我真的不認識。」房東臉色驚惶。

「你給我說清楚，他們都說了什麼、做了什麼事。那女人來了幾次？什麼時候開始的事情？」謝英說。

「我……我想想，我想想。」房東舉雙手投降。

「快說，快說。」謝英鬆開手。房東退後兩步，大口喘氣。

「我看過一次他們在一起，大概幾個月前吧。那時候他們一起走上樓，李山河還跟我打招呼，那女人卻是一臉害羞，低著頭不看我。後來，大概過了半小時，我就聽到樓上傳來吵架的聲音。」

「吵架？他們吵什麼？」謝英焦急的說。
「我聽不太清楚，似乎有關錢的事。李山河要女人還錢，女人堅持不肯，說要告他。」
「還什麼錢？那女人花了李山河太多錢，還是女人是詐騙？」謝英說。
「聽起來不像，比較像是李山河威脅人家。他還說他電腦有檔案，女人不給錢，他就要公布給別人知道。」
「什麼檔案？」謝英說。
房東眨眨眼，說：「這……你這樣問，不太好吧。」
「什麼不太好，快說。」
「一個男人這樣威脅一個女人，十之八九……是淫照吧。」房東說。
「淫照？不可能。」謝英搖搖頭，「他答應過我不會再駭別人的私密照了。不可能，這不可能。」
「我說，這男女朋友交往，拍個什麼私密照的很正常吧。我也不好意思去聽太多——」
「閉嘴，那狐狸精不可能、不可能是他女友。」謝英大吼，轉身衝了出去，留下段仕鴻和房東一臉錯愕。
「抱歉，這位警官比較衝動一點。」段仕鴻說。
「看得出來。不過她這樣說，反倒讓我想起來，那女人脖子上真的有條狐狸項鍊，上面還鑲一顆鑽石，讓我忍不住多看了一眼。」
「狐狸……狐狸項鍊？」段仕鴻深吸了一口氣，他記得有人脖子上也掛著一條狐狸項鍊。
「對阿……金光閃閃的，應該是高級貨喔。」
段仕鴻一顆心怦怦而跳。他拿出手機，點開一張照片，湊到房東眼前。

「是……是她嗎？」他屏住呼吸，不敢聽到接下來的答案。

「對，就是她。」房東的話如雷霆霹靂，直直打入心底。

※

是她，竟然是她！

那張相片裡，葉凡芯睜著一雙水汪汪的大眼，嘟起嘴巴，對著鏡頭撒嬌。

段仕鴻開車回家的路上，滿腦子都回想著葉凡芯最近的一舉一動。她最近行蹤詭異，常常動不動就和表姐出去，他不是沒有懷疑過，只是最後還是選擇相信，然而卻換來這樣的結果。他以為只要他努力，這一段感情就會有好結局。他曾對自己發誓，絕不會再傷害下一個女人，然而最後卻發現他自己被背叛。

他心痛如絞，眼眶不自覺紅了。他不知道是自己為了葉凡芯偷吃的事情難過，還是更傷心葉凡芯竟然寄勒索信給他。一直以來，只要葉凡芯發現他在調查李山河的事情，就會大發雷霆。現在他終於明白為什麼。

他停好車，走到家門前，在門口呆立了十分鐘。不知道葉凡芯是否在裡面？他還沒準備好面對她，對面這一切。

段仕鴻打開了門，家裡一片漆黑，代表葉凡芯出門了。他鬆了一口氣，側倒在沙發上，直到臉頰下濕成一片，他才發覺自己淚流不止。

不知道什麼時候睡著了，當他睜開眼睛，已經是下午五點多。他搖搖晃晃地站起身來，從冰箱拿出一瓶啤酒。他不能維持清醒，清醒太痛苦了，他還無法全部承受。

電視旁邊擺著一副相框，照片裡是他和葉凡芯正在享受大餐，兩個人緊緊相摟，開心大笑。段仕鴻衝了過去，高高舉起相框，用力摔在地上，「匡噹」一聲響，相框瞬間碎成四分五裂。

他怒氣未消，眼神在房間內搜索，找尋兩個人留下的紀念品。忽然間，他發現一件奇怪的事。

客廳裡好像少了些什麼。沙發旁的小櫃子上本來放著化妝鏡，總是被丟在角落的自拍棒，還有葉凡芯掛在門後方的兩件外套，都不見了。事情不對勁。

他衝進臥室查看，床頭櫃上的玩偶消失，衣櫃裡掛成一排的洋裝也不見蹤影。汗水從他額頭滑落，他走進浴室，葉凡芯的粉色浴巾不在了，連洗手台上方瓶瓶罐罐的保養品，都收得一乾二淨。

他跌跌撞撞的退後幾步，背心靠在牆上，心中一片冰冷。葉凡芯走了，打包所有她的東西離開了。

但是，為什麼？到底是為了什麼？

為什麼選擇現在離開，為什麼寄勒索信給他？葉凡芯應該是最了解他處境的人，他瀕臨破產，連房租都要每月積欠，然而她卻雪上加霜。她真的就這麼缺錢嗎？

不行，他要問清楚，他一定要當面問清楚。

他忍著怒氣，開車趕到葉凡芯的租屋處，一路上都在思考該怎麼跟她對質。可是當他走進她家，卻看見所有物品一掃而空，整間房子空蕩蕩的，半點東西都沒剩下。

他已不是心寒，而是心生畏懼，感覺有某種陰謀正在醞釀。要在這短短時間，收拾好所有的東西離開，葉凡芯一定計畫好幾天了。但是，他不相信葉凡芯的腦袋，能夠想出這麼謹慎的計畫，這中間一定有些蹊蹺。

他拿出那封勒索信，仔細端詳信封上「段仕鴻」三個字。雖然字體歪歪斜斜，似乎是用左手寫的，但那個「鴻」字裡的「工」，三筆畫清楚分明。如果是葉凡芯平常慣用的字體，通常會把三筆完全連在一起，呈現一個橫向的閃電形狀。

他攤開信紙，盯著那個匯款帳號。印象中葉凡芯只有一個銀行帳戶，不管存錢、領錢、或是轉帳，都是透過那個戶頭進行。

他打開手機，找到鴻品薪資轉帳的紀錄，每個月匯款的款項都清楚條列出來。葉凡芯的帳戶就列在第一條，和信封上的帳戶號碼明顯不一樣。雖然她可能偷開新戶頭，但是——

段仕鴻忽然瞥見下方的匯款紀錄。匯給給葉凡芯的款項裡，除了每月月初的薪資兩萬三千四百元之外，月底總是多匯出一筆款項，金額從十萬到二十萬元不等。

他眨眨眼，一時間，不敢相信自己的眼睛。葉凡芯竟然瞞著他偷偷挪用公款！這就是為什麼不管他再怎麼加班，再怎麼努力工作，每個月結餘總是赤字的原因嗎？

段仕鴻握緊拳頭，往牆上用力敲擊，「碰碰碰」的沉悶聲響，迴盪在空曠的屋子裡。事已至此，他不是想要找葉凡芯，而是一定要找到葉凡芯。

他連續播了兩通電話給她，不出所料，都直接轉到語音信箱。他想起過往每當激烈爭吵時，她會氣沖沖的扛著行李，坐火車回南部的老家。對她而言，老家就像一個避風港，一個可以斷絕通訊、逃離一切的地方。

目前最有可能的，就是她正在返回老家的路上。

他看了一眼手錶，現在時間六點四十分。她回老家的火車班次不多，一天只有兩班：早上七點和晚上七點。也就是說，他還有機會。如果她搭的是晚上七點的班次，也許能在火車站找到她。

他衝回車上，用力踩下油門，以最快的速度往火車站奔馳。途中不知道闖了幾個紅燈，遭受多少的喇叭聲和叫罵聲，他都不在乎，他滿腦子只想盡快趕到火車站。

他已經奮鬥太久，為這件事情搞得焦頭爛額。今天他一定要問清楚，問清楚這一切到底是他媽的怎麼一回事。

他一到火車站便飛奔下車，耳中彷彿聽到火車「轟隆隆」的行駛聲音，然後是「機嘎」刺耳的摩擦聲，火車緩緩停了下來。

火車進站了。

他用盡全力往前衝刺，撞倒了兩個正在聊天的路人、一對摟摟抱抱的情侶、還有一個左顧右盼的老太太，他大聲喊著抱歉，頭也不回的繼續奔跑。

眼前終於看到了進站閘門，火車就停在正前方，發出「逼逼逼——」的聲響。車門即將要關上了。

他拿出悠遊卡感應閘門，等不及閘門完全打開，一個翻身便跨進站內。

「葉凡芯——葉凡芯——」段仕鴻大聲吼叫。

火車窗戶旁，一個人迅速轉過頭來，正是葉凡芯的臉龐。她一看見段仕鴻，瞬間大驚失色、滿臉驚惶。

眼見火車門就要關上，段仕鴻奮不顧身，側著身體往門中間鑽了進去。下一秒，火車門在他身後闔上。

段仕鴻抓著鐵欄杆稍微喘口氣，抬頭左右張望，看見葉凡芯正拉著行李箱，快步到下一個車廂。他三步併兩步，已來到她身後，伸手抓住她的肩膀，說：「葉凡芯。」

「放手。」葉凡芯揮手將他的手撥開。

「葉凡芯，我們必須談談。」段仕鴻說。

「你是誰？你再糾纏我，我就要尖叫了。」葉凡芯大聲說。火車上幾位乘客目光射了過來。

「好，你尖叫吧。我剛好要報警。」

「你在說什麼？」

「你做的事，我都知道了。」

葉凡芯後退了兩步，「什麼……什麼事？」

「到下一站時，你跟我坐車回去。我們好好談一談。」

「我不要，我要回老家。你不要再來糾纏我。」

「好，那你等著收傳票。」段仕鴻轉頭就走。

「什……什麼傳票？」葉凡芯連忙拉住他。

「侵占公款。你自己做的事，你自己知道。」

葉凡芯態度緩和了下來，她輕輕搖晃段仕鴻的手臂，柔聲說：「阿鴻，你……你別生氣。我把錢都還給你，你別告我好不好？」

要是以前，葉凡芯這般軟聲細語，段仕鴻一定會心軟。但現在看見這一幕，他卻是說不出的厭惡。

他們兩人在下一站停靠站下車，轉車回去。一路上葉凡芯想撒嬌，都被段仕鴻潑冷水。

「你可以說了。」段仕鴻推開葉凡芯靠過來的身體。

他甩脫手臂，說：「你先把事情都給我說清楚了。」

「阿鴻，你別突然這麼冷漠，我——」

「你就不冷漠？你突然間打包了所有的東西，一聲不響地離開了。你好意思說我？」

「我知道你生氣，但是我真的……真的……很害怕……」

「害怕什麼？害怕我發現你侵占公款？」

「我……不是……我……我……」葉凡芯欲言又止。段仕鴻突然間讀懂了這個表情，是摻雜愧疚感和難為情。

「你背著我和別人在一起的事情，我已經知道了。」段仕鴻說，臉上毫無表情，心頭卻一陣刺痛。

「你……你知道了？」

「你就全說了吧！沒什麼好隱瞞了。」

「對不起，是我對不起你。」葉凡芯眼淚奪眶而出，「我不該挪用鴻品的公款，我明明知道那不應該，明明知道你過得很辛苦，卻還是……還是……」

「還是偷了錢。」段仕鴻頓了一下，「還有男人。」

「以前我身邊那群好姊妹常常跟我炫耀，嫁給醫生可以過得多奢侈多享受，整天只要窩在家裡當少奶奶，打扮的漂漂亮亮就好。我聽了很是羨慕。」

段仕鴻別過頭，緊閉雙眼，無力感再一次襲上他的心頭。他無法給他愛的女人過更好的生活。

「我開始到各間診所工作，希望能尋覓到一個醫師老公。最後，終於在鴻品遇見了你。經過一番風雨，好不容易如願以償跟你在一起，可是這時我才發現，原來……原來……」

「原來不是所有的醫師都他媽的有錢。」段仕鴻說。他早就習慣了，習慣人們用「醫師很賺錢」的框架套在他身上，他早就不解釋，因為沒有人會相信。人們相信傳言更勝於本人的親口說法。

這個社會給了醫師高高在上的框架，大力吹噓醫師是多麼賺錢的職業，但世界在變，隨著健保制度的崩壞，過往醫師的風光早已不復見。唯一不變的，是人們對於醫師的成見。

「不是這麼說。」葉凡芯搖搖頭，「鴻品一個月其實也賺不少，但你不願意花在我身上。你總說要把錢花在更好的牙科設備，上更多的牙科進修課程，或是存錢買一棟我們的房子。」

「所以你覺得不好，就自作主張，幫我把錢拿去花用。」

「阿鴻，我……我真的很對不起。可是，每次我跟那群好姊妹出去，他們總要把全身上下的行頭拿來比較，誰用香奈兒，誰戴潘朵拉，誰又買了限定的愛馬仕包包。我總不能——」

「什麼叫你不能。你不能被比下去，還是你不能不偷診所的錢？」

「我……我知道錯了，對不起。」

「不用對不起，我不想聽。你還有別的男人，叫他養你，給你過少奶奶的生活。」

葉凡芯露出苦笑，「志鵬？他……他自己都自身難保了，哪能養我？」

「志鵬，丁志鵬？你說那個珍珍快餐店的老闆？」段仕鴻雙眼圓睜，一時不敢置信。還有一個丁志鵬？

「對，我和他……你剛剛這樣說，我還以為你知道。」

「丁志鵬，那個顏如惠的小王丁志鵬。你跟他在一起？」

「他對顏如惠不是真心的，他只是要她的錢。」

「你到底在外面有多少個男人？」段仕鴻突然感覺自己頭上綠到不能再綠了。

「就只有丁志鵬阿。你在說什麼？」

「這件事多久了？」段仕鴻說，鼻尖一陣酸楚。他不確定自己到底想不想聽到答案。

「大概快一年。我常常到珍珍快餐店去吃午餐，後來，他開始約我出去，我們就——」

「夠了。」段仕鴻大吼。他心中翻攪糾結，不想再聽到更多細節。「那李山河呢？你是他前女友嗎？」

「我不是，當然不是。那怪人，我根本不認識他。」

「別裝了，我知道你去過他家。」段仕鴻冷眼看著葉凡芯。

「那是因為……他在威脅我。」

「他威脅你？」

「他有一天來到鴻品，駭走了鴻品的所有檔案。這件事你也知道。」

段仕鴻點點頭，葉凡芯又繼續說：「他研究檔案以後，意外發現我盜用鴻品公款的事情。之後約診時，他給了我一張地址，下方還寫著：鴻品公款。我看到以後，明白東窗事發，不得不去找他。」

「他要你幹嘛？」

「他威脅我要把所有盜用的公款立即歸還。不然，他就要把檔案拿給你看。」

「他要你還錢？他有什麼好處？」段仕鴻有些驚訝。

「沒什麼好處，他說他只是想做對的事情。我不太相信，覺得他在騙我，所以他就帶我去他的房子，打開筆電裡的檔案給我看。」

段仕鴻點點頭，這應該就是房東看見他們在一起的時候。

「我看到了檔案，但我堅持說不要。我很生氣，說要告他偷竊。」葉凡芯抬頭瞥了段仕鴻一眼，比個抱歉的手勢，「對不起，我那時真的還不出錢，我真的很對不——」

「我不想聽。」段仕鴻說：「所以呢？你和丁志鵬就殺了他？」

「殺了他？不不不，怎麼可能？」

「那你為什麼這麼巧，就在他死的那天晚上出現在他家？」

「我被他威脅後，很是擔心，只好一直跟蹤他，想找時間把檔案偷回來。終於有一天，他一回到家，就神色匆匆地出門，我覺得是好機會，連忙跑進去跟房東要鑰匙。房東看過我，我就自稱是他的前女友，分手了要來搬回自己的東西，房東不疑有他，就給了我鑰匙。」

「你拿走什麼東西？」段仕鴻說，心裡早就有了答案。

「他的筆電。我很害怕，不敢逗留太久，拿了筆電就趕快離開。」

「你拿了筆電，找到鴻品的機密檔案，覺得又是撈錢大好機會，就寄勒索信給我？」段仕鴻雙手交叉在胸前。

「不，阿鴻你要相信我，那不是我的主意。」

「是你或丁志鵬，還不是都一樣。葉凡芯，你很好阿，很聰明阿。聯合新男友來壓榨舊情人，很會阿。」

「阿鴻，那真的不是我的本意，我只是想把筆電偷走，不讓李山河能再威脅我。可是隔天看到新聞，發現李山河竟然死了。我……我很害怕，怕這筆電會連累我，就把筆電給志鵬，叫他拿去銷毀。」

「哪知道丁志鵬聰明得很，看到了檔案，發現可以趁機大撈一筆。」

「他的確是這麼說的。只不過，他說的是大撈兩筆。」

「兩筆？還有誰的機密檔案在筆電裡？」段仕鴻皺眉。

葉凡芯停頓了幾秒，「我不知道，我一直勸他別這樣，他都不肯聽。他最近玩股票輸了幾百萬，房子、車子都拿去押欠。他還去誘惑顏如惠上床，只為了拿到她的錢。」

「你們兩個都為了錢跟別人在一起，還真是絕配。」段仕鴻說。

「阿鴻，我不是為了錢才跟你在一起，我是真的喜歡你。我……我不知道他會這麼做，我一直求他收回勒索信，他都不聽，最後還罵我。」

「那麼至少你可以把這件事告訴我，不是嗎？在我為勒索信忙的焦頭爛額的時候，你可以把一切攤牌，告訴我背後主使就是他。但你沒有，你只是對我大發雷霆，然後逃之夭夭。」

「對不起，我……太害怕了。對不起。」

「收到勒索信的是我，難道你沒想過我才是早晚擔心受怕的那人。只要你願意，你可以輕易揭開這一切，你可以幫我省去多少盲目撞牆的時間。但你不願意，你唯一做的事情，就只有逃跑。」段仕鴻越說越大聲，臉色脹得通紅。

火車靠站了，發出刺耳的「逼逼逼——」聲。

「我把事情都告訴你了。阿鴻，你會原諒我嗎？」

「也許，有一天吧。」段仕鴻搖搖頭。他都不知道曉華原諒他了沒。

「那……你……你現在要怎樣？」

「現在，你要帶我去他家找他。」

※

段仕鴻按照葉凡芯的指引，驅車前往丁志鵬的住家。葉凡芯一聲不響的坐在副駕駛座上，望著窗外街道，一臉心事重重。

天色已黑，滿天的烏雲遮住半邊月色，更顯得夜色深沉。

段仕鴻一邊開車，一邊撥電話到三如分局。電話響了兩聲之後被接起起，是趙明謙的聲音：「喂，你好。」

「你好，請問是警察趙明謙嗎？我是段仕鴻。」
「段仕鴻？嗯……你是誰？」
「我是那個……福爾摩斯。你記得我嗎？」
「喔，是福爾摩斯阿。」趙明謙壓低聲音，「怎麼樣？勒索信的事情還好嗎？」
「我找到線索了。我想謝英會很想知道。」段仕鴻瞥了葉凡芯一眼，傳說中李山河的「前女友」。
「你找到線索了？太好了。」趙明謙頓了一下，「可是謝英現在外出不在，還是你要留訊息給她？」
「好，那請你幫我跟她轉達，這裡有她想知道的答案。我會在外面等她。」段仕鴻接著唸出丁志鵬的地址。
「好，我會轉達。萬事小心。」
段仕鴻掛上電話，又開了一段路途，終於看見丁志鵬的家門口。他將車子停在對街的停車格，車窗留個小縫隙，然後熄掉引擎，把座椅稍微往後斜躺，避免有人透過車窗看見他。
葉凡芯只得跟著照做，她露出無奈的眼神，彷彿在說：你真的很擅長做這種事。
這條街是高級住宅區，放眼望去，整排都是獨棟的別墅，各有各的奢華和特色。
丁志鵬的住家是一棟五層樓高的別墅，四周圍繞著寬敞翠綠的草坪，一台紅色敞篷跑車停在草坪的平台上，像在對外炫耀他的奢侈揮霍。房子的外牆漆成米白色，每塊磚頭上有著雕刻細緻的圖紋，藍色的屋頂呈現錐狀，屋簷的角落往上捲曲，看起來宏偉又精巧。
每個樓層都裝著兩扇窗，各朝東西向，從段仕鴻這個角度只能看到窗緣，看不到裡面的人。樓層都是暗的，唯有三樓的燈光隔著窗簾透了出來。代表丁志鵬現在應該在三樓活動。

路邊停車稀少，除了停在前方的黑色轎車外，整條街都空蕩蕩的。也許那些名牌車不會隨便擱置在路邊吧。

「你要在這裡看多久？」葉凡芯忍不住開口。

段仕鴻不想回答她，目光盯著街道盡頭，等待著謝英的身影。

「你再不進去，我怕他等等會出門。他喜歡半夜去酒店喝酒，玩到天亮才回家。」

「我在等人。」段仕鴻說。

他滿腦子都在思考等等該如何應對，如何面對那張輕狂俊俏的臉龐。如果可以，他根本不想面對，不願看到那個人，連名字都不想聽到。那個人的一舉一動彷彿都在提醒著他，他是如何的被背叛、被傷害。

他雙手緊扣，壓抑住想逃跑的衝動。不管是勒索信或是葉凡芯的事情，他都必須和丁志鵬見面說個明白。

段仕鴻只見過丁志鵬幾次面，他有一張陽光的臉蛋、肌肉糾結的手臂，和標準的六塊肌身材。每次經過珍珍快餐店時，丁志鵬總是上半身打著赤膊，掛著他僵硬的招牌笑容，來吸引一堆婆婆媽媽們買單。

段仕鴻想的正出神，忽然間，停在前方的黑色轎車，迅速跳下一個人影。那人躡手躡腳地靠近別墅，在一樓的東側窗戶前停下來，掏出像鐵鉗的東西，把窗戶撬開，往上拉起。

「是小偷！」葉凡芯大叫。段仕鴻連忙「噓」一聲，把她嘴巴遮住。

那人轉過頭來，但天色太黑了，看不清楚那人臉龐，只看見金屬光澤一閃而過，似乎是什麼東西在反光。那人翻身進屋子，重新拉上了窗戶。

段仕鴻這才鬆開了手。葉凡芯面色焦急，說：「有小偷跑進去，我們……該……該怎麼辦？」

「我不確定那是不是小偷。」段仕鴻說。

「他都偷跑進去了，怎麼不是小偷？」

「那人動作緩慢，感覺身手不是很矯健——」

「可能他老了，是個笨小偷阿。」

「而且，」段仕鴻目光掃過整條街道，「這條路上有這麼多間高級別墅，都關著燈，看起來沒人在家。他幹嘛偏偏選這間亮著燈的？」

「唉唷，都什麼時候了，你還在推理？」

忽然，大門外的照明燈亮了。丁志鵬穿著休閒的無袖吊嘎，搭上運動短褲，從房子裡緩步走了出來。他手上刁著一根菸，吐了一口氣，瞬間煙霧繚繞。

段仕鴻嘴角抽動，一股無名怒火從心頭升起。他握緊拳頭，很想立刻衝下車，往丁志鵬的臉上狠狠一拳。

「他要出門了，他出門前都會抽一支菸。」葉凡芯說。

「但是三樓的燈還亮著，」段仕鴻皺眉，「難道三樓還有人？」

「我不知道。但他要離開了，你還不行動嗎？」

「再等等。」段仕鴻眼望路口。謝英還沒來。

「他要是走了，你要怎麼找他對質？這麼大一棟房子，我可不知道他把筆電藏到哪裡去。」

段仕鴻不答，只是眼神緊緊盯著丁志鵬，看著他悠閒的左右踱步，對空氣吞雲吐霧，完全不知道有人入侵。

謝英還沒來，他不能貿然行事，他需要謝英第一時間在身邊，收集所有相關證詞。事關重大，不能打草驚蛇，做錯了一步，都會讓他面臨難以收拾的殘局。

「還是我……我去纏住他？」葉凡芯突然開口。

段仕鴻轉頭打量葉凡芯。該相信她嗎？她會不會趁這個機會，向丁志鵬洩密，讓他先有所準備。這整條路上，他時時刻刻都在注意葉凡芯是否有使用手機，就是怕她通風報信。

他猶豫不決間，丁志鵬把菸蒂丟在地上，用腳踩兩下，然後從口袋掏出鑰匙，轉身面對門口。

「快點，他要鎖門了。」葉凡芯說。

他聽見鑰匙「嘩搭嘩搭」的撞擊聲響，然後是門鎖上「卡」一聲。

「快點——」

「好，你去。」段仕鴻說。

葉凡芯迅速走下車，朝丁志鵬跑了過去。他心頭一酸，這一幕彷彿是葉凡芯離開他，投入丁志鵬的懷抱。他突然明白，也許最讓他難過的不是被背叛，而是在葉凡芯心裡，他比不上丁志鵬。

丁志鵬看見葉凡芯，滿臉訝異。她指著別墅說了些什麼，丁志鵬卻搖搖頭，她逕自走向門口，丁志鵬連忙伸手攔在她身前。兩人比手畫腳的，又爭論了一會。

他們越吵越大聲，段仕鴻把耳朵貼在車窗上，隱隱約約聽到什麼「別這樣」、「會吵醒她」之類的。他瞬間恍然，三樓的確有人在，而那人大概就是顏如惠。

他們又吵了一陣子，葉凡芯堅持不退讓，丁志鵬拗不過她，轉身打開大門，兩人一前一後走了進去。

段仕鴻鬆了一口氣。突然間，他的手機鈴聲大作，在這空蕩蕩的街上顯得特別宏亮刺耳。該死，忘記轉成震動。他手忙腳亂地按下接聽，把頭埋在手臂中，用氣音說：「喂，幹嘛？」

「喂，阿鴻，快來喝酒。今天是淑女之夜，辣妹多到眼睛會噴火。」柯毅豪說，背景傳來重金屬的搖滾樂，吵的段仕鴻耳朵刺痛。

段仕鴻把聲音又調到更小聲，說：「我不行，我在忙啦。」

「你在忙？」柯毅豪也學他用氣音說話，「你在偷東西喔？這麼鬼鬼祟祟的。」

「對啦，對啦。我晚點再聯絡你。」

「加油阿，阿鴻，偷到什麼好康記得分我。」柯毅豪壓低聲音說：「需要我去幫你把風嗎？」

「你別吵啦，去看——」

忽然間，車窗上響起「喀喀」的手指彈擊聲。段仕鴻手機差點掉到地上，他伸手想接住，手機在空中彈跳幾下，落在他大腿上。他掛掉電話，抬頭一看，謝英一張臉緊貼在車窗上，向車內張望。

「謝英，你終於來了。」段仕鴻鬆了一口氣。

「三更半夜叫我來這，你最好有很好的理由。」謝英說。

「相信我，這一定值得你跑一趟。」段仕鴻走下車，指著別墅，「答案就在那裡。」

「這棟豪宅？」謝英挑挑眉，「我不懂你要幹嘛，但我要走了。」

「我找到那個傳說中李山河的前女友了。」段仕鴻說。

「是誰？」謝英猛然睜大雙眼。

「是我前女友。」

「你前女友……跟我前男友在一起？這在開玩笑吧。」

「他們其實沒在一起，這事說來話長。」

「什麼說來話長，你給我說清楚。」謝英說。

「等解決這件事情以後，我會跟你解釋清楚。總之，你說對了，李山河自始至終只愛你一個人。」

謝英「哼」了一聲，嘴角微微上揚，「我早就說了。」

他們走向別墅，寒風拂過他的臉龐，冰冷得有些刺痛。突然間，他發現有件事情不對勁。

太暗了。他驟然停下腳步，凝視著眼前一幕：整棟別墅的燈光不知何時都熄滅了，四周陷入一片漆黑。一樓東側的窗戶卻重新打開，一陣陣冷風吹進，把窗簾掀得前後飄動。

段仕鴻向前奔跑，來到大門前。他連續按了幾次門鈴，卻沒有聲音，他用力敲門，也是毫無回應。

葉凡芯在搞什麼？難道，她又再一次背叛了他。段仕鴻感覺滿腔怒意從胸口升起，瘋狂的敲門，大叫：「葉凡芯！葉凡芯！」

「你前女友住在這裡，是嗎？」謝英說。

「這是她小三的家，他們剛剛在裡面。」

「所以……你找我來是要捉姦嗎？還是要一起毆打你的前女友？」

「都不是。葉凡芯的小三叫做丁志鵬，就是他寄了勒索信給我。而且，他手上有李山河的筆電。」

謝英聽到「筆電」兩個字，眼睛為之一亮，也跟著用力拍門，說：「開門！開門！」

兩人叫喊一陣子，仍是沒有人應答。段仕鴻繞到一樓窗邊，透過窗簾被吹起的空隙，盯著屋內查看。

「太暗了，什麼都看不到。」謝英說。

段仕鴻開啟手機上的手電筒，「我進去開門，你在門口等我。」

「不行。這樣可是擅闖門宅。」

「如果被抓到，我們就說：我很擔心葉凡芯，她突然不見了，我只好衝進去救她。」

「這樣還是擅闖門宅——」

「不冒這點險，李山河的筆電可能永遠拿不回來。你的決定呢？」

謝英二話不說，從腰間抽出一把巨大的手電筒，亮度直接把段仕鴻的比了下去。「我去開門，你在門口等我。」

「好吧。」段仕鴻轉身走到門口。他聽見一陣「乒乒乓乓」的聲響，看來謝英不知道撞翻多少東西。他站在門口等待片刻，卻遲遲等不到謝英開門。他將耳朵緊貼在大門上，屋內再沒有傳出別的聲響。隨著時間一分一秒的過去，汗水一滴滴從他額頭滑落。

大門仍是深鎖。

他用力搓揉著雙手，在門階前來回踱步。四下鴉雀無聲，安靜的連一根針掉在地上都聽見。一陣冷風吹起他的大衣，他忍不住打了個寒顫，不安感襲上心頭。他伸手轉動門把，門卻依然紋風不動。

「謝英！謝英！」他大叫，然而只聽見自己的聲音迴盪在街道上。

他立刻就想報警。但是謝英還在裡面，若警察真的來了，謝英就會被起訴擅闖民宅。這對工作生涯面臨瓶頸的謝英而言，無疑是雪上加霜。

更何況，這一切都是他的主意。他走到窗戶前面，深吸一口氣，鼓起勇氣，翻身進屋。

屋子裡有一股霉味。他用微弱的燈光四下照射，眼前一張長形餐桌，桌上凌亂的擺著吃完的餐盤和食物殘骸，牆邊是一個洗手台和鍋爐。

他小心翼翼地往前踏出幾步，盡可能不發出任何聲音。忽然間，腳下踩到一塊凹凸不平的尖銳物。他連忙用手電筒一照，發現一個陶瓷花瓶四散碎裂，玫瑰花瓣被踩踏變形，再過去有一個矮櫃傾倒在地，裡頭的盤碗散落一地。

難道剛剛聽到「乒乒乓乓」的聲響，不是謝英撞翻了東西，而是有人在攻擊她？

他感覺一顆心激烈跳動，立刻關掉手電筒，縮身躲在冰箱後。等待片刻，眼睛漸漸適應黑暗，他不經意地低頭一瞥，赫然發現地上有拖行的痕跡，痕跡一路延伸到樓梯口。

謝英一定出事了。

就在此時，樓上傳來微弱的「悉悉簌簌」聲響。

他心繫謝英安危，摸著牆壁緩緩前進，來到樓梯口。他慢慢抬起腳跟，然後輕輕放在階梯上，一步一步向上爬，眼睛緊盯著上方，生怕樓上有人偷襲。爬了幾階，忽然感覺腳下踩到一片硬物，他彎腰撿起，用手撫摸一遍，是一頂鴨舌帽，可能是謝英繫在腰間的那一頂。

他更加驚疑不定，汗水浸濕他的手掌。他咬緊嘴唇，繼續往上爬，彷彿能聽見自己劇烈的心跳聲。十幾層的階梯像是爬了一輩子那麼長。

終於到了二樓。眼前出現一條寬闊的走廊和一整排房間，每扇房門都緊閉著。

謝英在哪裡？

段仕鴻目光在走廊來回掃過。任何一間房間，都可能藏著謝英，也可能會撞上丁志鵬和葉凡芯，或可能發現顏如惠，又或者……找到那個「小偷」。

那個被打開的窗戶赫然浮現在他腦海。不對，他看見小偷溜進來時，順手拉上了窗戶，然而，他們剛剛進來時窗戶卻是打開的。小偷走了，或是，有第二個「小偷」？

他感覺自己雙手微微顫抖，汗水不停從額頭上滑落。他將雙手十指交扣，用盡全力緊握，直到感覺手指間傳來疼痛。痛覺可以讓他更加清醒，讓他冷靜下來。

此時，他再度聽見細微的撞擊聲，從最底處的房間傳來。

他往聲音處緩緩走去，每一步踏出，都感覺自己心臟也震動一下。他來到盡頭的房門前，將耳朵貼在門上，門後隱隱約約傳來「碰碰碰」的撞擊聲，只是越來越微弱。

段仕鴻咬緊牙關，轉開了門。這是一間小臥室，隱約可見一張雙人床和一個大衣櫃，在衣櫃旁——是謝英。

她癱軟的倒在牆邊，頭歪向左側肩膀，眼睛和嘴巴都被膠帶封起來。

「謝英！」段仕鴻雙眼睜大，奮不顧身的衝了過去，把謝英扶起來。謝英表情痛苦，口中發出「嗚嗚」聲，他連忙把她嘴巴上的膠帶撕下來。

「你快跑。」謝英從喉嚨擠出三個字。

段仕鴻還來不及反應，一塊棉布已摀上他的口鼻。

他用力掙扎，但左手臂被勾住，動彈不得，他右手亂揮，試圖抓住那隻摀住口鼻的手，然而手腳卻越來越鬆軟，使不出力氣。他不斷拍擊那人的手掌，直到視野越來越朦朧……意識越來越模糊……

他雙腿漸漸發軟，全身失去力氣。那人鬆開雙手，他「砰」一聲跌坐在地上，昏了過去。

當段仕鴻醒過來時，眼前一片黑暗，什麼都看不見。他試圖睜開眼睛，才發現眼睛和嘴巴上都被蒙上一層膠帶。

他拚命掙扎，卻發現自己渾身無力，連抬起手指頭都有困難。他隔著膠帶大叫，卻只發出「嗚嗚」的悶響。

「省……點……力。」耳邊傳來謝英虛弱的氣音，她似乎用盡力氣才擠出這句話。

段仕鴻發出「嗚嗚」的聲音，當作回答。

「我也……被迷昏。馬……的。」

他是誰？段仕鴻知道謝英一樣沒有答案。當務之急，要在那人回來之前，想辦法逃出去。他可以感覺他的手機就躺在口袋裡，卻連伸手拿出來都無能為力。

「嗚嗚。」段仕鴻發出聲音，意思是「你有力氣嗎？我手機放在口袋。」

但謝英當然聽不懂，她沙啞地說：「休息……儲力……跟他拚。」

「嗯？」段仕鴻發出疑問。

這次謝英倒是聽懂了，「我……沒力，但……一定……要知道……誰。迷藥……膠帶……想到……什麼？」

李山河的命案。

段仕鴻瞬間恍然大悟，李山河看似自殺的命案就是這樣發生的。李山河先被迷暈，然後被膠帶纏滿整個頭，直到他窒息而死，最後兇手在附近擺上了幾瓶酒，營造出他酒後自殺的假象。

李山河是聲名狼藉的通緝犯，人人聞風色變，對於他的死亡，民眾一致拍手叫好，媒體對他之死所下的標題便是「惡有惡報」。如此一來，儘管他的死亡疑點重重，是自殺也好，他殺也罷，他既是邪惡的化身，警察又何必替他伸張正義。

想到這裡，段仕鴻深吸一口氣。既然李山河是這樣死去，那李晴……大概也是慘遭這般的待遇。他腦中浮現那小女孩全身纏滿膠帶的淒慘情狀，不禁冷汗直流。

就在此時，他隱約聽見房外的腳步聲緩緩靠近，一步一步，「咚——咚——」像是死神的召喚。

他全身寒毛都豎了起來。不行，他一定要逃出去。

「咚——咚——」

他努力想移動手指，感覺自己右手食指顫抖一下。但這樣還不夠。

「咚——咚——」

他用盡最後的力氣，將右手向上抬起，然後插進口袋。他虛脫的倒在地上，累得像剛跑完全馬馬拉松。

「咚——咚——」腳步聲在門前停下來。房門倏然被打開，一道熱氣襲來，一雙手粗暴地將他拎了起來，丟到椅子上。

他毫無反抗之力。他的臉傾向一邊，全身軟綿綿的癱在椅子上，就像當時的李山河一樣。

他要死了。

耳朵傳來撕膠帶的刺耳聲，是一段很長很長的膠帶，那聲音像是死神的呢喃。

他全身顫抖，既憤怒又害怕。他還不想死。

「別殺他……拜託。」謝英苦苦哀求。

但一切都來不及了。一段膠帶貼在他的鼻樑上方，然後沿著他的後腦勺繞了一圈回來，然後又繞了一圈。

他發出「嗚嗚嗚」的悶響，試圖掙扎，但他什麼都做不了，只能全身癱軟的，任由恐懼不斷蔓延，一點一滴感受自己生命的流逝。

膠帶漸漸塞住他的鼻腔，他開始呼吸困難，胸口發疼，全身越來越燥熱。

他快死了。

「別殺他。」謝英哀求。

「咚——咚——」腳步聲緩緩離去。

「我……有你要……東西。」

腳步聲停了下來。

他開始精神渙散，胸口疼痛如絞，謝英的聲音越來越模糊。他知道他快死了。

「手機……我有……李山河的手機。」

腳步聲再度逼近，夾帶著撕膠帶的聲音。謝英這笨蛋，她也找死嗎？但他已經沒有力氣為謝英擔憂，他腦中昏昏沉沉，失去了意識。

第九章　重生

段仕鴻睜開眼睛，白色的天花板映入眼簾，昏黃的燈光照射在身上，消毒水的味道沁入鼻息。

這裡是哪裡？他怎麼會在這裡？

他眨眨眼，窒息的感覺冷不防襲上心頭。他記得他快死了。

他驚嚇的坐起身來，手上卻牽動了什麼，發出「乒乒乒乒」的碰撞聲。他差點大叫，直到轉頭看見手上掛的是點滴，頓時鬆了一口氣。

他還活著。

「喂喂喂，你躺好。」熟悉的聲音傳來，然後是一張熟悉的臉孔，臉上掛著一如往常燦爛的笑容。

「柯毅豪。」他立刻伸手擁抱柯毅豪，眼眶差點紅了，「我還活著！我還活著！」

「當然。段爺你洪福齊天，還有我這個貴人相助，當然還活著。」柯毅豪拍拍胸脯。

「謝英呢？」

「謝英沒事，別擔心。」

「我以為……我會死在那裡。」他閉上雙眼，彷彿還能看見那一幕，漫長的階梯、整排陰暗的房間、迷藥味、膠帶聲，然後是死神的召喚。他打了個寒顫，牙齒上下敲擊，窒息的恐懼感包圍著他，他彷彿又不能呼吸。

「嘿，你沒事。你現在很安全。」柯毅豪抓住他的肩膀前後搖晃，想讓他清醒過來。

「我沒事……我現在很安全……」他說。
「對，你沒事。」
「我沒事。」他恍惚的點點頭，然後又搖搖頭，想把那些畫面甩出腦海。
柯毅豪笑了笑，「下次別偷東西，這風險太大了，還是搶銀行比較實在。」
「我……誰救了我？」
「真的要說，是你自己救了自己。」
「我救了自己，」他用食指指著自己，「怎麼可能？」
「還好你夠機靈，有打給我，知道哥說要幫你把風不是開玩笑的。」
「我打給你？我最後有撥出電話？」他只記得他用盡全力把手放到口袋裡，下一刻，就被人粗暴地拉到椅子上。應該是在那時候，手指去壓到手機，撥出了電話。
「我真幸運。」他喃喃自語。
「你知道就好。再晚幾分鐘，你可能就會腦死，救都救不回來。」柯毅豪說，順手拿起桌上的咖啡，喝了一口，「好苦，應該是要給你喝的。」
段仕鴻伸手接過，咖啡還是溫熱的，杯身上娟秀的字跡寫著：早日康復。段仕鴻心中一動，說：「琬如，她來過？」
「你說那個很正的妹子嗎？原來她叫琬如，我記住了，下次就可以假裝我是多年不見的國小同學。」柯毅豪說。
就在此時，病房的門打開，一個人提著水果籃走了進來。
「房依靜，你怎麼來了？鴻品——」段仕鴻差點從病床上跳起來。今天是禮拜一，他有一整天的班。

「別擔心，我處理好了，病人都已經改約。你好好休息。」房依靜說，露出難得的微笑。

「謝謝你。」

「葉凡芯的事情我很遺憾，鬧出這麼大的新聞，我知道你——」房依靜話未說完，看見柯毅豪連使眼色，立刻閉上嘴。

「葉凡芯什麼事情？」段仕鴻雙手抓住床沿，說：「她出事了嗎？她……她還活著嗎？」

「她當然活著阿。兇手當然不會——」房依靜話才出口，就知道自己又說錯話，忙用手遮住嘴巴。

「兇手？什麼意思？」段仕鴻說。

「段醫師，你好好休息。」房依靜把水果放在桌上，「我帶了蘋果、蓮霧、還有芭樂。」

「謝謝。你剛剛說——」

「水果都已經幫你洗好了，你可以直接吃。」

「房依靜，快告訴我。」

「段醫師，你要快點好起來，鴻品需要你。」

「房依靜——」

「我先走了。」房依靜揮揮手，關上門離開。

段仕鴻轉頭望向柯毅豪。柯毅豪立刻將手機附在耳邊，講起電話，「喂，好好好，我馬上過去。」

「別裝了。」他抓住柯毅豪的手腕，「葉凡芯怎麼了？出了什麼事？」

「放心，她沒出事。出事的不是她。」柯毅豪說。

「那是誰？」

「我想應該是你。你看，你現在不是躺在病床上嗎？」

「柯毅豪，我跟你說認真的。」

「我也是認真的回答阿。」柯毅豪拍拍他的肩膀，「阿鴻，你好好休息，我晚點再來看你。別太想我。」柯毅豪轉身離開，留下滿頭霧水的段仕鴻。

到底發生了什麼事？房依靜剛剛說「鬧出這麼大的新聞」，那麼……他抬起頭，剛好看見病床前的電視機。

他打開電視，轉到新聞台，一瞬間目瞪口呆。他目不轉睛的盯著新聞畫面，不敢置信。新聞畫面裡，葉凡芯壓低著頭，被兩個警察扣押，帶上了警車。底下斗大的標題寫著：「警察逮捕嫌疑犯連夜偵訊中」

他眨眨眼，搓揉眼睛，又定睛看了一遍。嫌疑犯，什麼嫌疑犯？

他正要轉台，忽然發現放在手邊的遙控器被拿走，抬頭一看，謝英抓著遙控器揮了揮，然後「逼——」一聲關掉電視。

「為什麼是葉凡芯？不可能是她。」段仕鴻大聲說。

「這一言難盡。」謝英坐在床邊的椅子上。她的鼻樑上貼著紗布，額頭上有道清晰可見的傷痕。

「我知道不是她。攻擊我的人……力氣非常大，不可能是葉凡芯。」段仕鴻說。

「你不能確定。畢竟那時候你中了迷藥，可能已經喪失力氣。」

「那人……手掌很大，應該是男人。」

「你應該清楚這種說詞不能當證據。」謝英雙手交叉在胸前。

「不會是她。她太膽小了，她不敢攻擊別人，只會選擇逃跑。」

「警方會調查清楚，這件事情你就不用操心了。」

「我是受害者。這件事情警方應該來問我，就可以很清楚我的描述跟葉凡芯根本不符合。」段仕鴻說。

「你是受害者，」謝英挑挑眉，「但可不是唯一的受害者。」

他愣了一下，才發覺自己從剛剛到現在對謝英一句慰問都沒有。她可是在他生死交關之際，一直為他苦苦求情的人。

「謝英，你還好嗎？」

「比你好。」

他尷尬的點點頭，「後來發生什麼事？你有被……膠帶……那個……」

「沒有。」

「那就好。」

謝英臉色沉下來，似乎想起什麼不愉快的回憶。她皺了皺眉頭，說：「他對付完你，本來也想殺我。」

段仕鴻心頭突然浮現一股不安感。他想起來了，兇手對他下手之後，本來打算離開，一直到謝英說——

「我說話把他引了過來。」謝英說。

「你說你手上有——」

「我那樣說，是為了把他引過來。」

「後來發生什麼事？」段仕鴻說。

「他一靠近我，我立刻用盡所有的力氣，往他身上咬下去。」

「你居然還有力氣咬他，我連打電話的力氣都沒有。」段仕鴻苦笑。
「我本來想咬緊他不放，讓他留下一點血跡。哪知道咬到衣服上，力道被削弱，一點用都沒有。他腳一踢就把我甩出去，還往我臉上踩好幾下。」
「難怪你貼著紗布。」段仕鴻指著她的鼻子。
「馬的，痛死我了。害我鼻血狂流，躺在地上，差點被自己噎死。」
「那我們就會被判定是集體自殺了。」
謝英白了他一眼，又繼續說：「然後，我就聽到遠方傳來警車的聲音，兇手一定也聽見了，立刻轉身逃走。隔沒多久，趙明謙衝進來，撕掉你嘴巴上的膠帶。你本來都沒有呼吸了，他正要幫你做CPR，你就突然大口喘氣。」
回憶如浪潮再次襲來，陰暗的小房間、迷藥味、膠帶聲、窒息、喘不過氣，他胸口劇烈起伏，彷彿再一次經歷了那個時刻。
「還好你活了下來。」謝英說。
對，他活了下來，他沒事了。段仕鴻用力深呼吸，試圖讓自己平靜下來。
「你要是真的死了，我會愧疚死的。」謝英將頭別向一旁。
「不，是我拖累你，我做事太衝動了，還差點害死你。對不起。」段仕鴻說。
「我是警察，這是我分內的事。接下來的事，你放手吧。我會處理。」
「不，這件事跟我有所牽連，我不能——」
「勒索信的事已經解決了。你不要再管了。」謝英站起身來。
「那丁志鵬呢？」

謝英眼神閃過一線光芒，「丁志鵬怎樣？」

「他……他是兇手，殺人未遂，還有李山河的命案都可能是他幹的。你們為什麼不抓他，跑去抓葉凡芯？」

「不是他。」謝英說。

「怎麼不是他，攻擊我的人力氣很大，而且也只有他有動機——」

「不可能是他。」

「為什麼不是他？」

「我說不是他，就不是他。」

「為什麼？我不——」

「因為，他死了。」謝英大聲說：「好嗎？他死了。」

段仕鴻表情瞬間僵硬，身體晃了一下，腦中突然一片空白。所有線索瞬間攪和在一起，亂成一團。他不懂，丁志鵬怎麼會死？他怎麼會不是兇手？

「他怎麼會死？他怎麼會死？」段仕鴻說。

謝英嘆了一口氣，「他跟你一樣，被膠帶纏滿頭。但他沒你幸運……警方到達時，早已窒息而死。」

段仕鴻心中再度掀起波瀾，無力的倒回床上。丁志鵬窒息而死，這本來是他會面臨的下場。

「所以，別再查了。這件事太危險，你不知道你有沒有下一次的幸運。」

「那……那筆電呢？」

謝英聳聳肩，「沒找到。」

「沒找到？」段仕鴻說：「沒找到？」做了這麼多事情，冒了這麼多風險，就是為了這台筆電。然而最後，筆電卻沒找到。

「警方到達的第一時間，就封鎖整棟別墅，搜尋所有證據。但除了丁志鵬自己的兩台電腦，沒找到任何其他的筆電。」

「沒有筆電，怎麼會沒有筆電？」段仕鴻努力回想，葉凡芯說過……等等，難道葉凡芯在說謊？

他用力拍擊自己的額頭。他太傻了，從頭到尾，所有事情都是聽葉凡芯說的，而他就完全相信了。那女人曾欺騙他、背著他偷情、偷偷盜用公款，然後收拾行李遠走高飛。而在這些事情過後，他仍選擇相信她，只因為他以為自己夠了解她。他知道她會耍小聰明、會撒小謊，但是這麼事關重大的事，他相信她會誠實以對。

難道，這一切只是她編織的另一個謊言？她說把筆電給了丁志鵬、勒索信是丁志鵬寄的，該不會都是假的？

他把臉埋進手掌中，他已經不知道什麼是真、什麼是假，什麼該相信、什麼不該。

「沒有筆電，那勒索信也可能不是丁志鵬寄的。」段仕鴻說。

「是他。我們核對帳戶，確定是他新開戶的。」謝英從口袋中掏出筆記本，翻到中間，「他最近股票輸了八百多萬，負債累累。我相信他有很充足的理由寄那封信。」

「也許吧。」段仕鴻心灰意冷。

「你現在可以了解，我們為什麼逮捕葉凡芯。」

段仕鴻搖搖頭，「我還是不相信。」

「段仕鴻，看你那麼癡情，我真不忍心對你說——」

「我不是癡情，我……我早對她心灰意冷。就算本來還有情，現在也一點不剩了。」段仕鴻長嘆一口氣，嘆息裡有著說不盡的無奈和心傷。

「這女人，不值得。」謝英拍拍他的肩膀。

段仕鴻苦笑，「也許是我不值得吧。」

「看你這麼維護她，我真不忍心跟你說——」

「說什麼？」

「你可知道，她在被捕的第一時間，一口咬定你是兇手。」謝英說。

段仕鴻啞口無言，「那不就還好……我一直在你身邊，不然今天上新聞的就是我了。」

「你應該要很感恩跟我被關在一起，我幫你做了不在場證明。」謝英說。

「跟警察關在一起……這輩子沒這麼高興過。」

「除了你我，別墅裡的兩個人都被逮捕問訊了。」

「顏如惠，她也被捕了嗎？」段仕鴻說。

「你知道顏如惠？」

「她是我的病人，」段仕鴻點點頭，「那……還有一個人呢？」

「什麼還有一個人？」謝英說。

就在此時，謝英手機鈴響，她接起電話，簡短說了幾句。

「我要走了。」謝英說。

段仕鴻看著謝英的一舉一動，在這瞬間，他想起一件重要的事情。他從床上跳起來，動作太快還牽動手上的點滴，點滴架劇烈晃動。

「謝英。」段仕鴻大叫。

「怎麼？」謝英站在門口，回頭看他。
「李山河的手機，在你手裡。對不對？」
謝英嘴角抽動，欲言又止。過了一會，她緩緩搖頭。
「我知道在你手裡……雖然我那時意識模糊，但你的語氣，一點都不像在騙人。」
「很重要嗎？都不關你的事了。」謝英說。
「我去命案現場查勘過，知道手機曾經掉落在那。不是兇手拿走，就只可能是第一時間到場的警察。」段仕鴻走上幾步。
謝英佇立在原地，默不作聲。
「李山河是通緝犯，你不願讓人知道你和他有聯絡，所以偷走了手機。這我可以理解。」
「不，你不能理解。」
「你身為警察，卻愛上一個通緝犯。你不能光明正大聯絡他，也不能陪在他身邊。」
謝英閉上雙眼，一滴眼淚滑下她的臉龐。
「你只能默默守護著他。這就是為什麼李山河被通緝多年，始終沒被抓到。」
「他是無辜的，是司法無法給他正義。你要我怎麼逮捕一個無辜的人？」謝英聲音沙啞。
「那就證明給社會看，還他一個清白。」
「要怎麼證明？事情都過了五年，要怎麼證明？」謝英說，眼淚如大雨般傾盆而下，「五年前，我本來有機會證明他是無辜的。李晴出事當時，我就在他身邊，是他的不在場證明。但我……我既沒有阻止他，更沒有勇氣為他站出來。」
「阻止？阻止他什麼？」

謝英靠在牆角，雙手掩面，不斷的啜泣。段仕鴻將一包衛生紙遞到她面前。她哭了半晌，將眼淚擦乾，望著遠方沉思。隔了許久，她終於開口：「那天晚上，我在他家，突然有人敲門，他穿好衣服去應門。但門外沒有人，只有一隻玩偶被丟在地上。」

「什麼玩偶？」段仕鴻心裡一跳，想起李山河物品箱裡的那隻老虎玩偶。

「我不太記得，一隻兔子還是什麼的。李山河看見卻很緊張，他說那是李晴的貼身玩具，被丟在這裡代表李晴出事了。」

「他跟李晴，到底是什麼關係？」

「李晴就是他的——」謝英話未說完，手機再度響起。

「我該走了。長官呼叫我，我來向你問訊太久了。」

「謝英，等等。」

「我不該說這麼多的。段仕鴻，別管了，你的生命難道比不上你的好奇心？」謝英轉身離開。

最後一句話撞進段仕鴻的心坎裡。他呆立半晌，坐回病床上，盯著點滴架回想一切的事情。也許謝英說的對，勒索信的事情解決了，他終於可以放下心中一塊大石頭，拋掉連日來的壓力和擔憂，不會再在夜裡翻來覆去、輾轉難眠。

不管李山河的筆電在誰手中，至少拿走的人再不敢這麼明目張膽，畢竟若再有勒索信出現，也代表那人和丁志鵬的命案脫不了關係，警方介入調查是遲早的事。

段仕鴻啜了一口咖啡，感覺苦澀味在他舌尖蔓延。自從收到勒索信，無端捲入這一切，他的生活被攪得天翻地覆，所有的事情都失去了控制，他甚至差點失去生命。

也許，該是時候放手了吧。

突然間，手機鈴聲響起，他一直等到響了快一分鐘才接起。

「喂，葉凡芯。」

「阿鴻，求求你。」電話另一頭傳來葉凡芯哽咽的聲音，「幫我證明我的清白。」

※

段仕鴻出院的隔天就回到鴻品上班。診所裡只剩下他和房依靜相依為命，一整天下來兩人可能說不到三句話。只是房依靜出乎意料的體諒他，一個人擔下所有的工作，櫃台、跟診、消毒、清潔等等，連一句抱怨都沒有。

他心裡感激，中午吃飯時間，特地去買飲料請房依靜喝。路過珍珍快餐店時，看見鐵門拉下，幾個三姑六婆站在門前，對前來採訪的記者說三道四，說丁志鵬有多和藹親切、做人多麼大方闊氣、老天爺多不公平等等。

他暗自慶幸，葉凡芯平時總是戴著口罩，不常和別人打交道，因此認得她的人不多，鴻品診所也因此才沒被記者包圍。偶爾有幾個老病人，認出葉凡芯是鴻品的助理，跑來詢問丁志鵬的命案，他都笑著搖搖頭，說他也是看新聞才知道的。

丁志鵬的命案被警方封鎖消息，目前為止，唯一曝光的就只有葉凡芯被帶回偵訊的事情，甚至顏如惠也未曾被報導，似乎消息被誰壓了下來。

一整天的看診結束之後，他走進休息室，眼角瞥見電腦螢幕上跑過最新的新聞：丁志鵬命案又有進一步的發展。警方發現沾滿迷藥的棉布，是葉凡芯的平常在用的手帕。她的涉案嫌疑又更上一層。

段仕鴻關掉電腦，那本「牙科初階入門」就躺在他手邊，他默默將書推開一些。謝英說的對，他不想再去管這些事了。鬼門關前走一回，他更加珍惜自己的人生，只想好好享受生活。

休息室的門打開，房依靜背著包包走進來，「段醫師，我收拾好了。先下班了。」

「謝謝。今天辛苦你了。」

「不會。這段日子你比較難熬，能幫你就多幫你一些。畢竟，葉凡芯的事情對你是不小的打擊吧。」房依靜說。

段仕鴻聳聳肩，「我早有些心理準備了。」

「我看新聞報導，警方發現她資金來源不明，很可能是挪用公司公款。那不就是鴻品，這是真的嗎？」

「是。這一切，我已經不想管，都交給警方去處理。」

「葉凡芯這傢伙，偷東西也偷的太誇張了吧。」

「我一直覺得你們有點不合。」段仕鴻說。

「什麼有點，是非常不合。她看不起我，我也看不慣她。你不知道，她以前都仗著你撐腰，整天對我罵東罵西。」

段仕鴻微微一笑。他怎麼不知道，以前葉凡芯可是一天到晚把房依靜的壞話掛在嘴邊。

「對了，這個月和下個月的禮拜六、日，我們都休診吧。」段仕鴻說。

「真的？」房依靜眼睛發亮。

「最近人力不足，周末休診你才不會負擔這麼重。而且，我不想再把人生全都花在工作上。」

「你是我認識的那個段醫師嗎？怎麼突然變一個人。」房依靜笑著說，揮手離去。

段仕鴻躺在沙發上休息片刻，那本「牙科初階入門」又映入眼簾。他想起這段日子的調查，想起那個心有餘悸的夜晚……那「咚——咚——」的腳步聲似乎還迴盪在腦海，撕膠帶的聲音像是死神的呢喃，那一刻的恐懼又再度蔓延，他感覺到身體莫名的顫抖，他緊緊環抱住自己。他不懂，為什麼兇手要殺他？為什麼是他？

那晚別墅裡，扣掉不知名的小偷，至少有五個人：丁志鵬、葉凡芯、顏如惠、謝英、還有他。然而五個人中，只有他和丁志鵬兩人遭到膠帶纏頭的待遇。很明顯，兇手要他和丁志鵬死。但是為什麼？他和丁志鵬沒有共同的交集，除了葉凡芯……還有勒索信。

他腦中靈光一閃，葉凡芯說過，丁志鵬寄出兩封勒索信。難道寄出的另一封，就是給兇手的？

段仕鴻站起身來，來回踱步。這也說明兇手為什麼要拿走筆電，因為那裡藏有兇手的某些把柄。這麼說來，那個小偷很可能就是兇手。

那麼他自己呢？兇手為什麼要殺他？唯一最可能的是，兇手害怕了，害怕被揭穿身分。如果真的是這樣，代表他一直以來所做的調查，都越來越靠近真相，而且，很靠近了。

他想起了范琬如，一個想為李晴找出真相的人，那雙堅定的眼睛和決不放棄的神情。他拿出手機，想了一會又放下。自從那晚之後，范琬如就對他愛理不理。

他突然懷念起范琬如的那張笑臉，那曾經的並肩作戰，那曾經流入心頭的溫暖。他望著空蕩蕩的休息室，突然下定決心，他已經失去太多了，他不願再失去任何人……任何曾經讓他心中一動的人。

當他抵達范琬如的家門前，已經是晚上十點多。他深吸一口氣，按下門鈴，感覺一顆心七上八下的跳動。

門緩緩打開。范琬如那素淨的臉蛋一如往常的迷人，她揮揮手，說：「好久不見，你怎麼來了？」

「我……我想……想跟你說……」他突然結巴起來。

「說……說……說什麼？」

「對不起。」段仕鴻立正站好，然後九十度鞠躬，「我想為那天晚上的行為道歉。如果那時冒犯你了，真的很抱歉。」

范琬如眨眨眼，說：「不，你又不是故意的。我沒有生你的氣。」

「但是從那天之後，你似乎有點躲著我。」段仕鴻說。

「我……有嗎？」

「你應該是想說，有那麼明顯嗎？」

「我……我是覺得內疚。你明明已經有女朋友，我還這樣麻煩你送我回家，跟你有那些互動。我覺得……覺得很不應該。」

「你那天腳受傷，是我說要送你回家的。」

「但是，如果我保持安全距離，就不會有那些讓人誤會的互動。」范琬如搖搖頭，「我也被傷害過。我痛恨那些明知道對方有另一半，卻還接近對方的女人。可是我……我那天，不就是這樣子嗎？」

「你只是想幫我而已。」

「就算本意是這樣，但我沒抓好距離，如果害你們吵架或分手，我真的……真的……」

「我們已經分手了，但不是因為你。」段仕鴻說。

范琬如愣了幾秒，「是因為丁志鵬的命案嗎？我有看到新聞，但是……我覺得不是她。也許你可以再給她一次機會。」

「不是。命案發生之前，我們就分手了。」

他們進到屋內，段仕鴻把那天發生的事情從頭到尾說了一遍。說到他遇害的情節，他的聲音微微顫抖，不自主地凹手指。

范琬如給了他一個擁抱，「沒事了，已經過去了。你很勇敢。」

「很多事情其實早就有預兆，只是我……我不願去正視。我早猜到她口中的表姐，一定不是表姐，只是仍選擇睜一隻眼，閉一隻眼。也許我就是太容易逃避了。」

范琬如點點頭，坐在他身邊靜靜聽著。

「當初和曉華在一起也是，我一直都明白我們兩人之間出了問題，只是不願意說開，怕傷害了曉華。最後卻去尋找另一個逃避的出口，讓曉華更加心碎。」

「其實我也是。」范琬如說：「我也一直在逃避。在李晴命案之後，我辭去幼稚園班導師的職位，要求調到最角落的行政部門，只希望不要再和小朋友有接觸。他們的笑臉，常常讓我想起李晴，而每當想起，我就愧疚難安。」

段仕鴻看著她泫然欲泣的神情，心生憐惜，伸手撫摸她的頭髮，她將頭輕輕靠在他肩膀。兩人各自想著心事，隔了一會，他握住她的手。

「這次，我們兩個人一起，一起面對這件事，把這件事查的水落石出。」段仕鴻說。

「你才撿回一條命，難道不怕嗎？」

「我怕。但是，我不想再逃避任何事情了。」

「我也是。」范琬如點點頭，「那我們從哪裡開始？」

「有一本書，我連翻都沒翻過。」段仕鴻說。

第十章　線索

週六早晨，段仕鴻和范琬如一同走進鴻品，來到二樓的休息室。電腦桌上堆積著層層疊疊的信件，段仕鴻大手一揮，將信件通通掃到旁邊，露出底下那本「牙科初階入門」。

他將書捧在手上，看見封面上用紅色蠟筆畫著櫻花。范琬如在他身旁坐下，一陣髮香飄過，他忍不住瞧了范琬如一眼，心臟不自覺加速跳動。

他翻開第一頁，是目錄。從第一章「牙齒名稱及牙位命名」、第二章「牙齒型態」、第三章「牙齒構造」，一直到最後一章的「假牙製作」，可以看出這是一本非常粗糙且初階的牙科書。問題是，李山河為何要閱讀這本書，又為何要留給謝英？

他一頁一頁翻過。第一章在介紹牙位命名，有「通用命名系統」、「帕爾默表示法」、「FDI牙位表示法」。其中，「FDI牙位表示法」上方被畫一個圓圈，底下寫著16、26、36、46。

李山河的筆跡十分特別，就像電子時鐘上顯示的數字。他的2是兩個方框組成，有點像是「弓」這個字的上半部；他的3寫的就像英文字母E的鏡像；那個4就像注音符號「ㄐ」；至於他的6上端會彎曲向右，呈現一個半圓形狀。

段仕鴻腦中不禁浮現李山河在倉庫地板上留下的字跡，隱隱約約感覺到什麼不對勁，卻又說不出來。

「這些數字是什麼意思？」范琬如說。

「這在FDI牙位表示法裡，分別指四個位置的第一大臼齒。可能是他在學習命名時寫下來的。」

「FDI牙位表示法，那是什麼？」

「簡單來說，每顆牙齒都有不同的數字，不會重複，這樣我們牙醫師才能互相溝通。其中這個命名法是最常被拿來使用的。」

范琬如盯著書上的示意圖，看了半晌，還是搖搖頭，「我看不太懂。」

「每個牙齒都會由兩個數字組成，第一個數字是象限，第二個數字是位置。」

段仕鴻說著拿出一張白紙，在白紙上畫了十字，從左上方開始，依順時針方向，在十字形的四個角落寫下1、2、3、4。他把白紙面向自己，舉到范琬如嘴巴前。

「按照這個紙上的順序，把牙齒分成四個象限。你的右上方牙齒都是1，左上方牙齒是2。」

「我懂了，就像象限一樣。所以左下方是3，右下是4。」范琬如說。

「對，這1、2、3、4就是第一個數字。第二個數字則是代表從正中間數來第幾顆牙齒。從正中門牙開始算，代表1，側門牙代表2，然後——」他停下來看著范琬如。

「犬齒代表3，這個……嗯，第一小臼齒代表4，那麼6就代表……」范琬如伸出食指在自己牙齒上依序敲打，「第……第一顆大臼齒？」

「沒錯，所以16代表？」

「所以，16是……」范琬如指著書上的牙齒示意圖，「上方……右側第一大臼齒？」

「右上第一大臼齒，沒錯。」他點點頭，露出嘉許的表情，「那46呢？」

「嗯……右下第一大臼齒？」

「答對了。你剛剛通過面試，可以來當鴻品的助理了。」

范琬如笑了笑，「這好難。我才剛理解，馬上又忘記了。現在只記得46代表右下第一大臼齒。」

段仕鴻也跟著笑了，突然間眉頭一皺。右下第一大臼齒？不就是李山河不明脫落的牙齒？

「後面呢？有沒有什麼筆記？」他快速翻書，一連翻了十幾頁，才在第七章「根管治療篇」停下來。李山河在這裡畫了一個大叉叉，然後往後幾頁，在治療步驟處，又畫了一個叉叉，寫著「棉花沾福馬林浸泡即可」。

密醫？段仕鴻心裡瞬間冒出這個念頭。

根管治療是十分精準嚴謹的治療，需要各種儀器和材料的配合。而如今，隨著醫療技術的發達，只剩下密醫才會使用「棉花沾福馬林浸泡」這種治療方式。畢竟這種治療無法長久，對人體更會造成很大的危害。

他又往後翻幾頁，在第十章「假牙製作篇」，再一次看見李山河的註記。這一次他在「假牙牙套修磨方式」處打一個叉叉，寫著「不用修，直接套上已成形假牙。」。

看到這裡，段仕鴻幾乎可以肯定，這些治療方式都是密醫才會使用的。他把書翻閱到最後一頁，確定沒有其他的筆記，這才闔上書本，閉眼思索。

李山河這本書是哪裡來的？整本書裡都沒有記載。如果有，謝英早就著手調查了。唯一可以確定的是，這本書跟「密醫」脫不了關係。難道，這就是李山河那顆牙齒掉下來的原因？

他腦中忽然靈光一閃，翻回一開始那頁牙位表示法，緊盯著李山河寫的數字「46」，然後他把書本顛倒過來，他看見了——gh。

他手上的書「啪」一聲摔在地上。李山河留下的字跡，不是英文gh，而是數字46，代表著他那顆掉下來的牙齒。

那顆牙齒，究竟在哪裡？小小一顆牙齒，又能證明什麼？

段仕鴻想的太過出神，以致於當他聽到樓上響起巨大的碰撞聲時，差點從沙發上跳起來。

「你還好嗎？別緊張，只是樓上有人在開門的聲音。」范琬如說。

「那是房東，我剛好有事想拜託他。」段仕鴻站起身來。

「需要我幫忙嗎？」

「我有另外一件事情想拜託你。」

「只要不是再考我牙位命名法就行了。」范琬如吐吐舌頭。

「我要你幫我查查，這附近有沒有什麼看牙的密醫診所。」

段仕鴻爬上三樓，按下門鈴。過了一會，房東打開門，他頭髮凌亂，赤裸著上身，下半身掛著一條藍條紋短褲。

「段醫師，你怎麼來了？」衛方城說。

「你好，不好意思突然打擾你。我剛好在樓下，想到你之前說過，你把前屋主的物品都儲放在三樓的小倉庫。不知道能不能……讓我參觀一下？」

「你還在調查前屋主的事情？」

「嗯。」段仕鴻說。

「你有心了。小安在裡面，你等等，我叫她準備一下。」衛方城眨眨眼。段仕鴻瞬間會意：小安需要把衣服穿上。

過了三分鐘，衛方城再次打開門，身後的小安向段仕鴻微微點頭，一如往常依偎在強壯的臂膀後。

段仕鴻走進門。三樓的格局和一、二樓很不一樣，進門是一個寬敞的客廳，簡單擺著幾張桌椅，再進去是一間臥室、浴室，盡頭處是間小倉庫。倉庫門微開，可以看見裡頭堆滿雜七雜八的物品。

「就是這裡。」衛方城指著倉庫。
「我能進去看看嗎？」段仕鴻說。
「當然可以。只是裡面滿擁擠的，我不確定你擠不擠得進去。」
「多謝了。」段仕鴻一踏進倉庫，陳年的發霉味撲鼻而來，他忍不住皺起眉頭。倉庫裡東西層層疊疊的堆到天花板，他必需要墊起腳尖，小心步伐，才不會踩到地上的瓶瓶罐罐。
他屏住呼吸，這裡的灰塵讓他過敏的鼻子受不了，已經開始流鼻涕。不論這堆積成山的物品裡有什麼線索，他都想放棄了。
段仕鴻向前一步，腳底踩到一個尖凸物，他彎腰撿起，發現是一個相框，照片裡一個身穿紅衣的女人抱著李晴。那女人有一對鳳眼，瓜子臉配上兩片豐唇，她咧嘴笑著，露出潔白但有些凌亂的牙齒。李晴手裡捧著生日蛋糕，但不是她的生日，因為蛋糕上插著「37」的數字蠟燭。
「這應該是李晴的媽媽。」衛方城下巴朝相框一點。
「我沒看過她。如果看過，我會有印象的。」段仕鴻說。
「沒錯，她是那種讓人看一眼就難忘記的美女。只是她消失多年，很多人猜測她早就去整形，改頭換面了。」
「我能帶走這張照片嗎？」
衛方城猶豫了一下，「怎麼了嗎？」
「我看她露出了一部分的上下排牙齒，想帶回去比對看看，有沒有類似的病歷資料。」段仕鴻說。
「原來如此，我從沒想過牙齒還有這種用途。那就交給你了，有調查到什麼，請一定要先聯絡我。」
段仕鴻點點頭，轉身要走，右腳尖卻去勾到東西，布巾整條被扯了下來，露出後方的鐵櫃，櫃子裡擺放的公仔也跟著「乒乒乓乓」的掉落。

「對不起，對不起。」

「沒關係，我來就好。」衛方城說。

「我馬上擺回去。」段仕鴻彎腰將公仔一一撿起。公仔和鐵櫃上都沾滿了灰塵，原來公仔的放置處，剛好呈現一塊不規則形狀的潔白。他按照每隻公仔的底部形狀，仔細對照放回原位。

大功告成，他拍拍手上的灰塵，突然注意到鐵櫃最底層，有一片區域完全沒有灰塵的痕跡。

他用指尖掃過，手指上毫無灰塵沾黏。「這裡本來有放東西嗎？」他抬起頭，目光正好和小安相對。

小安瑟縮了一下，下意識的退到衛方城身後，說：「沒……沒有。」

「喔，那裡，」衛方城尷尬的笑了幾聲，「我本來偷藏好幾瓶酒在那邊……你知道的，小安不准我喝酒，想不到還是被你發現了。這下好了，等下小安又要跟我算帳了。」

小安露出靦腆的笑容，害羞地抓抓頭。

「真是對不起，害你被抓包。」段仕鴻說。

「沒事，沒事。等下跪算盤而已。」

段仕鴻起身離開，走到臥室門口，突然停下腳步。「這間房間，我能打開門看看嗎？」

小安似乎嚇了一跳，擋在門前，瘋狂的搖頭。衛方城笑呵呵地把她擁入懷中，摸著她的頭髮，說：「恐怕不行，裡面太多小安的私密東西。」

段仕鴻臉上一紅，說：「是我突兀了，對不起。我剛剛沒想到這方面。」

「沒關係的。」衛方城送他到門口，「這個月房租再麻煩你早點給我。」

「沒問題。」段仕鴻轉身下樓。他目不轉睛盯著手中的照片，觀察李晴媽媽的牙齒排列。她的上排牙齒還算平整，但右側正中門牙的切端凹了一小角，可能有咬筷子的習慣；下排牙齒往左傾斜，兩側下顎犬齒位置都偏頰側，看起來就像是兩顆小虎牙。

這是很有特色的牙齒排列，如果李晴的媽媽從來沒做過矯正，那麼她只要開口一笑，段仕鴻有把握能認出來。

話說回來，這樣的笑容，他似乎在哪裡見過……

他打開休息室的門，范琬如坐在電腦前，回頭對他一笑，露出一排整齊的白牙。

「不是你。」他搖搖頭。

「你在說什麼？」范琬如哭笑不得，接過段仕鴻手上的相框，她只花了一秒就認出來，「李晴的媽媽？」

「對，我在找……」他這時才注意到范琬如臉上一直掛著笑容，「你有好消息？」

「登登——」范琬如指著電腦畫面，「上品鑲牙所」五個大字浮現眼前。

「你找到了？」

「我上網搜尋這區最便宜的假牙，就出現了上品鑲牙所。假牙一顆才一千塊。」

「一千？希望這些牙齒長命百歲。」段仕鴻吐吐舌頭。

「而且我剛剛打電話確認過，他們說之前的確有個年輕人去那邊打工。只不過他名叫李河，不是李山河。」

「你該不會順便預約了吧？」

「下午三點。」范琬如挑挑眉，「怎麼樣？要不要一起去挑最便宜的假牙？」

※

一道狹窄的玻璃門上，貼著好幾張老舊的報紙，密密麻麻的把門遮起來，只露出最上方的一小角。從外頭望進去，隱約能看見裡頭昏黃的燈光和老舊的裝潢。

門口一側的牆上，掛著一塊小招牌，寫著「上品鑲牙所」。招牌斑駁掉漆，若不仔細看，還注意不到這間鑲牙所的存在。

段仕鴻和范琬如在門口打量了十分鐘，終於推開門。門上的鈴鐺「叮叮噹噹」響起，消毒水混雜著腐鏽味沁入鼻息。段仕鴻皺了皺眉頭。

門後方立著一個小小的櫃檯，櫃台兩側堆滿了紙箱和雜物，看起來凌亂擁擠。身穿紫色刷手服的助理從後頭跑出來，走到櫃檯後方，微微一笑，「有預約嗎？」

「你好，我們有約三點。」范琬如說。

「三點，是范小姐嗎？」

「對。」

「你等一下，陳師傅兩點的病人還沒結束。這裡先填個人資料表。」

「呃……其實我不是要看診，是想打聽一個之前在這裡打工的男人，他叫李河。」范琬如拿出李山河的照片，遞到助理面前。

「李河。沒錯，是他。」那助理點點頭，「他之前在這裡打工。」

「他有說為什麼來這裡打工嗎？」范琬如說。

「我不知道。其實他只來了一個月，連薪水都沒領到就走了，所以我不是很清楚。」

「只來一個月？他在這裡是不是做了什麼治療？」段仕鴻說。

那助理似乎想起什麼，笑了起來，「沒錯，他做了一顆牙套。我記得很清楚，因為他還請我幫忙。我們為了那顆牙齒，可是忙了一整個下午呢。」

「幫忙？他請你幫什麼——」段仕鴻話未說完，一個滿頭白髮的老人，從診間緩緩走出。

「你好，沒看過你阿。」那老人上下打量段仕鴻，皺紋遍布的臉上擠出一抹不協調的微笑。

「你好。」段仕鴻說。這人應該就是陳師傅。

「今天來是想做假牙嗎？」

「聽說李河曾在這裡打工？」段仕鴻說。

「李河？那年輕人，」陳師傅鼻孔噴氣，「你是他朋友？」

「聽說他在這裡做了一顆假牙？」

「嗯，誰知道他別有居心。唉……現在年輕人，真的是不懂尊重古人的智慧。」

「什麼意思？」

「你看我這間上品鑲牙所，開了五十年，還是屹立不搖，看過的病人比外面那些年輕牙醫多多少，經驗不知道豐富幾百倍。結果那些牙醫一天到晚想檢舉密醫，只不過是忌妒我賺的錢多而已。」

忌妒？我們「牙醫」不知道幫你們收了多少爛攤子？

段仕鴻嘴角抽動，忍住想大吼的衝動，說：「牙醫受過專業訓練，畢竟還是更了解牙齒的正規治療。」

陳師傅眉毛挑高，露出不悅之色。「什麼正規治療，都是狗屁，有啥屁用。我做一顆假牙，從修牙齒到裝上去，只要十分鐘，病人用了二十幾年還在用，那才叫正規治療。」

「然後二十幾年後，牙齒裡頭壞光光？」段仕鴻話一出口就有些後悔，他把氣氛搞僵了。

果然陳師傅臉上變色，用力一拍桌，「牙齒本來就是會慢慢壞掉的，用了二十幾年難道還不夠嗎？」

「如果牙齒本來可以用五十幾年，現在只剩下二十幾年，你會覺得夠嗎？」段仕鴻說。

「你是誰？到底來上品幹嘛？」陳師傅大吼。

「我是來打聽……」段仕鴻明白說了那番話之後，想好好探聽到李山河的事情，是不太可能了。他腦中念頭急轉，改口說：「李河說他來這裡做假牙，結果做了沒多久，牙齒就掉了。」

陳師傅哈哈大笑，「別的你還能誣賴我，說到李河那顆牙齒，只能說是自作自受，跟我半點沾不上邊。」

「什麼沾不上邊，那顆牙齒不是在上品做的嗎？」段仕鴻說。

「是在上品做的，但不是我做的。」

段仕鴻轉頭望向助理，眉毛挑高。

「不不不，當然不是我。」助理雙手亂搖，「我只幫他拿器械和鏡子，從頭到尾都是——」

「小潔，別跟他說。這人問都不問清楚，就當別人是賊。」陳師傅說。

小潔閉上嘴巴，對段仕鴻比了一個抱歉的手勢。

拿鏡子？段仕鴻一聽就明白了，「他自己做的？」

「你怎麼……」小潔面露驚訝。

段仕鴻觀察小潔的表情，知道自己猜對了。但問題是，李山河為什麼沒事要替自己做一顆假牙？

「嘿，你是李河的朋友，早就知道是他做的。現在才在那邊演，不覺得假惺惺嗎？」陳師傅說。

「陳師傅，要做違法的勾當，至少要與人為善。你這般態度，就不怕有人去檢舉嗎？」段仕鴻說。

「嘿嘿，你是李河的朋友，早就知道你要這樣說，只怕你手裡連竊聽器都準備好了吧？」

竊聽器，為什麼突然提到竊聽器？段仕鴻雙眼睜大，裝作心事被戳破的樣子，結結巴巴的說：

「什……什麼竊聽器？」

「哼，我就知道。你一說你是李河的朋友，老子就知道了。李河那小子想陰我，被我掃出去，你也一樣，給我滾出去吧。」

「既然陳師傅如此不留情面，那麼也別怪我不留情面。」段仕鴻說完，拉著范琬如的手離開。

他們一直走到上品鑲牙所五公尺之外，才停下腳步。

「對不起，我搞砸了。」段仕鴻說。

「沒關係的，我明白你的心情。」范琬如拍拍他的肩膀。

「我實在無法冷靜地聽著那密醫高談闊論，說自己技術多好多好，而外面的牙醫有多不像話。」

「別說是你，我也聽不下去了。」范琬如說。

「但是我搞砸了。」段仕鴻搖搖頭，「李山河死前在地上留下46兩字，一定有很重要的意義。偏偏關鍵在那陳師傅身上，他不說，我們也無可奈何。」

「也不一定。那間鑲牙所裡，不是還有個助理嗎？」

「那助理可能知道些什麼，但是在陳師傅面前，她什麼都不敢說。」

「那就把她從陳師傅身邊拉走。」

「這可要想想辦法。」

范琬如眨眨眼，露出神祕的表情，「我已經想好了。」

段仕鴻眉毛上挑，裝出一本正經的神色，「不行。她，我不行。」

「你不行什麼？你以為我叫你約她出去？」

「難道有更好的方法嗎？」

范琬如大笑，雙眼盯著上品鑲牙所的門口，「你等著瞧，我猜她等下會走出來。」

就在下一秒，上品鑲牙所的門真的打開了。小潔快步走出，探頭東張西望。段仕鴻還來不及表達他的驚訝，小潔已看見兩人，小碎步向他們跑來。

「范小姐，你忘記帶走你的鑰匙。」小潔說。

「阿，我居然忘記了。謝謝你。」范琬如伸手接過鑰匙。

段仕鴻別過頭去，憋住氣不笑出來。好一個調虎離山計。

「對了，小潔，能請教你一件事情嗎？」范琬如走上兩步，有意無意擋住小潔的去路。

「什麼事？」小潔說。

「李河那顆假牙真的是他自己做的嗎？」

「是阿。我全程幫忙他的，所以我很確定。」

「哇，你全程都在。是幫他拿鏡子，讓他自己車牙齒嗎？」

「對阿，我拿了一整個下午，手超級痠的。」小潔笑了笑。

「那你還記得李河怎麼做的嗎？」

「我想想……他先幫自己打麻藥，然後就在牙齒挖了一個大洞。」小潔手摸下巴，仔細回想，「一直挖、一直挖，像要把自己牙齒挖到最薄一樣。我看牙齒四個牆壁都快薄的像一張紙了，就跟他說：『別再挖啦。你再挖牙齒都要破了。』他這才停手。」

「然後呢？」

「然後，他就學陳師傅，拿殺髓藥塞在牙齒內。陳師傅說過，不管怎樣的神經痛，只要放了殺髓藥，立刻藥到病除。」

段仕鴻默默嘆一口氣。

「我說錯了嗎？」小潔有些緊張起來。

「是陳師傅錯了，你沒有錯。」范琬如輕拍她的肩膀，「後來呢？」

「後來，他就從陳師傅那個假牙盒子裡，挑選各種大小的假牙出來，套在牙齒上試一試。他挑了半天，終於挑到一個能套下去的，我跟他說看起來有點鬆，他卻說越大越好。後來他說要黏假牙，叫我調最不黏的黏膠給他。」

「最不黏的黏膠？」段仕鴻皺眉。

「對，我那時候也是覺得疑問，假牙都這麼鬆了，一定要用最黏的黏膠阿。所以我最後還是調最黏的給他，就在我調的時候，瞥見他從口袋掏出一個黑色的小東西，放進他的牙齒裡。」

「那是什麼？」段仕鴻和范琬如異口同聲的說，感覺終於離答案靠近一步。

然而，小潔卻聳聳肩，「我不知道。我想看的時候，他已經把假牙黏上去了。我問他，他都不告訴我，一直隨便亂說。」

「他說什麼？」段仕鴻說。

「一些莫名其妙的答案。像是一顆彈珠，因為他想珍藏童年，或什麼一顆紅豆，他這樣餓了就可以吃東西。」

范琬如哈哈大笑，說：「這種答案他也瞎掰得出來。」

「可不是嗎？根本把人當傻瓜。他看我不相信，就說：『好啦，其實我是特務，剛剛那是氰化物，如果被壞人抓走時可以自殺。』我說：『那糟糕了，我剛剛調最黏的黏膠給你，可能會拿不下來。』他臉色難看，說：『那也沒辦法。』」小潔說。

「他還是在騙你。」范琬如說。

「對，我想一想覺得不對，他又給我一個很瞎的答案。唉，他什麼東西不說，偏偏去踩到陳師傅的地雷。」

「他說什麼？」范琬如說。

段仕鴻念頭一閃，已經知道答案，「竊聽器？」

「對，你怎麼知道。他說那其實是竊聽器，我說不信，哪有竊聽器那麼小的。他說：『我以前是鼎豐企業的員工，這是我從鼎豐偷來的。』」小潔說。

段仕鴻和范琬如對望一眼，知道彼此想起同一件事：參觀鼎豐企業那一天，就在電梯裡，有個工程師圍著部長說：「部長，我們監聽器能做的像一顆紅豆一樣小。噢，不，像咖啡豆一樣小的迷你監聽器。」

「他說的是實話。」段仕鴻說。

「怎麼會是真的？我知道鼎豐企業很厲害，但是怎麼可能有這麼小的竊聽器？」小潔說。

「很難說。他說竊聽器，又提到鼎豐，感覺就多了幾分可能性。」段仕鴻說。

「總之，他要瞎掰什麼都好，居然說是竊聽器。陳師傅那時剛好經過，聽到他說裝竊聽器，非常的生氣。」小潔說。

「陳師傅和竊聽器有仇嗎？」范琬如說。

「聽說，陳師傅以前在南部被檢舉過，就是被竊聽器錄音當成證據，害他只能收了那間店，跑來北部重新開始。所以，他非常排斥竊聽器之類的東西，常常還會疑神疑鬼，懷疑有人要檢舉他。」小潔說。

「李山河……不，李河就是因為這樣被趕出來？」范琬如說。

「對，可憐的李河，連試用期的一個月都沒滿，薪水也拿不到，就這樣被炒魷魚。」小潔說。

「小潔，你在幹嘛？」遠處忽然傳來一個老人的怒吼。陳師傅站在鑲牙所門前，怒氣騰騰的瞪著他們三人。

「我要走了。」小潔臉色驚惶。

段仕鴻將一張名片塞到她手中，「謝謝你的幫忙。如果最近鑲牙所被檢舉了，歡迎來鴻品牙醫診所工作。」

第十一章　車禍

天色已黑，段仕鴻送范琬如回家後，順路買了咖啡。他有太多思緒需要釐清，需要咖啡讓他腦袋維持清醒。

他家門前被一輛黑色轎車佔據，只好將車子在更遠的停車格。他熄掉引擎，啜一口咖啡，讓自己沉澱片刻。他喜歡這樣的寂靜空間，讓他能夠好好的思考事情。

現在終於搞懂，李山河生前想留下的訊息，就是那個竊聽器。而那個竊聽器究竟竊聽到什麼內容？證據，一定是能揪出殺人兇手的證據。

李山河曾叫謝英去他家拿證據，應該就是存在筆電裡的竊聽錄音檔，這也解釋了兇手為何要偷走筆電。而那筆電——

他輕拍額頭，恍然大悟。

這就是丁志鵬被謀殺的原因，因為他聽過筆電裡的錄音檔。葉凡芯曾說，丁志鵬寄出兩封勒索信，一封給鴻品，那另一封就是給兇手了。

不管是筆電裡的錄音檔，或是寄給兇手的勒索信，葉凡芯都牽涉極深。想知道詳情，就必須去問她。然而，這同樣代表著，葉凡芯處境很危險，幸好她從命案發生之後，一直被羈押在警局，如今警局可能是最安全的地方，也是最適合她的地方。

想到這裡，他默默打開廣播，將頻道轉到新聞台。自從丁志鵬命案後，他就很久沒看新聞了。也許某方面他是在逃避吧，他不想聽到任何關於丁志鵬的消息，這些零碎的訊息總會勾起他難堪的回憶。

廣播傳出一段音樂，接著開始播報天氣，然後話題變成馬路三寶騎機車撞上人行道，然後忽然聽見「甜姐兒」三個字，他豎起耳朵，仔細聆聽：「演藝圈最近也不平靜，甜姐兒和工業小開何小龍對外宣告正式離婚，據知情人士透漏，何小龍最後選擇和解，判賠給甜姐兒鉅額的贍養費，至於離婚原因則不明……」

不是顏如惠出軌在先嗎？何小龍怎會判賠？段仕鴻還來不及思考，廣播裡話鋒一轉，說到他內心最敏感的話題：

關於丁志鵬命案，警方日前偵訊時有重大突破：葉凡芯坦承自己和丁志鵬曾經交往，這解釋了丁志鵬房子裡，為何處處充滿她的指紋，然而她卻仍無法解釋為何隨身手帕上會沾滿迷藥。

根據小道消息指出，葉凡芯前科累累，不僅挪用公款長達半年之久，也曾入侵民宅，偷取他人筆電等財物，並交與丁志鵬，兩人共同謀取非法利益。

辦案警官謝英表示，目前證據對葉凡芯很不利，最快三天後便會依殺人罪嫌提起訴訟……

段仕鴻「啪」一聲迅速關掉廣播，他大口吸氣、吐氣，內心起伏不已。殺人罪，怎麼可以？謝英明明知道葉凡芯是無辜的，怎麼能對無辜的人起訴。李山河的冤案，她比誰都瞭解其中滋味，她怎麼能、怎麼能讓李山河冤案再次重演。

段仕鴻趕往三如分局，一走進去就喊著要找謝英。那警察正忙著處理公文，頭都沒抬，隨意往後方的辦公室一指。段仕鴻自行進去，看見謝英坐在最後方的座位，埋首文書。

「謝英。」段仕鴻大聲說。

謝英抬起頭，推了一下眼鏡，「是你阿，怎麼了？」

「你要起訴葉凡芯？」

「我只是依法行事，公事公辦而——」

「你要起訴葉凡芯？」

「我說了，我只是依法行事。」

「你真的要起訴葉凡芯？」段仕鴻雙手抵在桌前，瞪大雙眼看著她。

「對。」謝英說，把眼鏡摘下來放在桌上。「我要起訴她。我知道你和她的關係，可是我沒辦法。」

「不是那個原因，跟我一點關係都沒有。問題是在於——你明明知道她是無辜的。」段仕鴻說。

「也許是，也許不是。證據會說話，我只是依法行事。」

「你也被攻擊。你很清楚葉凡芯一個弱女子，根本沒有那種力氣。」

「我被迷藥迷昏，也許迷藥削弱我的力氣。我也不確定。」

「你……你心裡明白不是她，她力氣不可能這麼大。你說過警方發現她時，她和丁志鵬、顏如惠一樣，都被單獨關在一間房間裡。她也是受害者，她的手帕是被栽贓的。」

「那你有什麼證據？」

「我……你是警察，你才是有能力找出證據的人。」

「所以你三言兩語，就要我推翻所有現在手邊的證據？手帕是她的，筆電是她偷的，丁志鵬是她說的，還有整間房子都是她的指紋，每個犯罪現場都有她的指紋。你要我怎麼替她洗白？」謝英用力拍桌，霍然站起身。

「那……膠帶呢？丁志鵬身上的膠帶上也有她的指紋嗎？」段仕鴻說。

「沒有，膠帶上沒有任何人的指紋。」

「那膠帶不是她的。她那晚只有帶隨身小包包進去，其他的行李都鎖在行李箱裡。」

「你怎麼知道她不是先把東西藏在丁志鵬家裡？對了，行李箱，還有他媽的行李箱。在殺人當天就收拾好所有的行李，準備遠走高飛，你知道這看起來有多麼可疑嗎？」

段仕鴻搖搖頭，「她本來堅持要走，是我硬找她回來的。」

「你跟我說這些沒什麼用。沒有證據，上頭不會採納的。」

「你是警官，你說的話總是有一定的份量吧？只要你肯開口，事情一定能夠緩辦。」

「然後呢？你知道在李山河命案之後，我是多麼辛苦，才再一次被上頭重用。如今丁志鵬命案是萬眾矚目的焦點，我現在開口，豈不是自討苦吃。若我再找不出證據，只會害三如分局成為笑柄，我這輩子就再也別想升遷了。」

「工作、工作，你眼裡就只有工作嗎？難道為了工作，你就可以犧牲一個無辜的人？」

「她不無辜。」謝英大聲說：「我們有證據。」

「無不無辜，你心裡雪亮。難道你想要再出現第二個李山河嗎？」段仕鴻說。

「別跟我談李山河。」謝英雙眉豎起，走上兩步，「別假惺惺裝作你真的關心他。他冤不冤，你其實一點都不在乎，你也從來沒像現在這麼積極為他抱屈。你只不過想利用李山河來壓迫我，為你那小女友出頭。」

「我不敢相信，在經過這樣的事件之後，你竟然願意，去起訴一個無辜的人？你這樣跟他們有什麼不一樣？」

「對，就你最正義，你只要出一張嘴，說兩三句話，別人就要為這件事情奔波負責。就算會連累到我的工作又怎樣？你不在乎，你他媽的不在乎，你只在乎你自己。」

段仕鴻和謝英兩人互相瞪視，僵持不下。過了一會，段仕鴻嘆一口氣。

「我想跟葉凡芯談談。只要三分鐘，行嗎？」

「不行。」謝英斷然表示，看見段仕鴻的表情，補了一句，「她現在不在。」

「她去哪裡？」段仕鴻睜大眼睛。她離開了最安全的地方。

「她剛剛晚餐吃壞肚子，上吐下瀉。我簽了程序，叫趙明謙載她去看醫生。」

就在此時，辦公室的電話此起彼落地響起，「鈴鈴鈴」的鈴聲像警鈴大作。一個警察衝進辦公室，大叫：「謝警官，不好了。」

謝英在同時接起電話。段仕鴻聽見電話裡和電話外，警察異口同聲地說：「趙明謙的警車在出外勤的途中被撞了。」

※

「謝英，讓我去。」段仕鴻加快腳步，跟在奔跑的謝英身邊。

「不，你直接去醫院。」謝英衝出三如分局門口。一台警車已經發車在等待。

「謝警官，這裡。」駕駛座上的警察對謝英招手。

謝英跳進副駕駛座，說：「開車。」

段仕鴻衝上前，用手抓住車門，「謝英，我必須去。如果說葉凡芯還有什麼機會證明清白，我是唯能幫助他的人。」

「不行。」

「謝英——」段仕鴻說，語氣裡充滿渴求。

謝英停頓幾秒，用拇指指著後方，「上來。」

「謝謝。」段仕鴻連忙坐進後座。

「等下跟在我身後，什麼都別碰。」謝英說。

「我知道。」

警車開啟鳴笛，火速向前開去，路上景色呼嘯而過。謝英咬著嘴唇，表情嚴肅，雙手緊握拳頭。

「現場狀況怎樣？」謝英說。

「我不清楚。只知道車禍很嚴重，已經有三台救護車前往現場。」駕駛警察說。

「三台救護車？」段仕鴻心頭一震。

「對，聽說……」那警察猶豫一下，轉頭瞥一眼謝英的臉色。

「聽說什麼？」謝英說。

「還不確定是誰，但是聽說……」

「快說，快說。」

「聽說死傷嚴重，有人……有人當場死亡。」

「你說什麼？」謝英和段仕鴻同時驚呼，倒吸一口氣。

「是……是趙……趙……」謝英欲言又止。

「我不清楚。我想……應該不是。」那警察說。

段仕鴻感覺一顆心七上八下，腦海中一個念頭揮之不去。是葉凡芯嗎？是葉凡芯嗎？他搓揉著雙手，感覺手掌心都是汗水。

儘管葉凡芯曾經狠狠傷害過他，他也恨過她，恨她把他害的這麼慘。但在內心深處，兩人畢竟曾經相愛一場，他還是希望她未來能幸福快樂。他從來沒想過葉凡芯會出事，也不敢再去想。

警車加速前行，在一個大型十字路口右轉，繞進小巷子。巷子兩側停滿機車，讓路面顯得更加擁擠。

謝英皺了皺眉頭，「你又抄小路？我說過好幾次，要開就開外面那條大馬路，就算要多等紅綠燈也沒關係。」

「我知道，只是……車禍現場就在這條巷子裡。」那警察說。

然後段仕鴻就看見了——前方不遠處兩個交通錐擋在路中央，再過去停著兩台警車，好幾個警察走來走去，耳邊隱隱約約傳來救護車的聲音。

謝英等不及警車停好位置，自行打開車門，跳下警車，連門都沒關上，就衝向現場。段仕鴻緊跟在後。

「現在情況怎樣？」謝英大聲說。

一個正在書記的警察回過頭來，神情嚴肅，「車禍現場共三人。一人在現場已經失去生命跡象，其餘兩人一重傷一輕傷，三名傷患均已緊急送醫。」

「趙……趙明謙……他……」謝英聲音不自主的顫抖。

「趙明謙受到輕傷，身上有幾處挫傷和割傷，剛剛送去醫院了。」

「那就好，那就好。」謝英鬆了一口氣。

段仕鴻睜大眼睛，走上兩步，握緊那警察的手腕，「那死的人……死的人是誰？」

那警察看見段仕鴻，先是一愣，那一瞬間彷彿有幾百年那麼長，然後他終於開口：「是肇事者，目前還不確定身分。」

段仕鴻鬆開手，緩緩吐出一口氣。葉凡芯沒死，至少，她還活著。

「葉凡芯呢？她傷勢怎樣？」謝英說。

「她有嚴重的大出血，以及開放性骨折，曾一度停止呼吸……」

段仕鴻腦中「嗡」的一聲，踉蹌退後幾步。

「你還好嗎？」謝英伸手扶住段仕鴻，「你先去醫院看她吧。」

「不，我在那裡幫不上什麼忙，我留在這裡。」段仕鴻說。

「你在這裡也……唉……」謝英搖搖頭，下巴朝那警察一點，「跟我說事情經過。」

「是。趙明謙在開車送嫌犯葉凡芯就醫途中，被一輛小客車從後方追撞，肇事者當場死亡，車牌號碼顯示這是贓車，我們正在清查他的身分。」

三人說話同時走到案發現場。被撞的警車除了車頭外都扭曲變形，碎裂的玻璃灑得滿地都是，警車的後車箱蓋遠遠飛出幾公尺之外。後方那台車更是撞得稀爛，已經變成一團金屬，車體零件四下散落，顯示當時撞擊力道有多大。

巷子兩旁的機車像骨牌一樣倒成一排，有一台機車的車尾明顯受到撞擊，車身凹折，後輪飛了出去。

「從撞擊痕跡看來，肇事者根本完全沒有踩剎車。相反的，他把油門一路踩到底，很明顯是要同歸於盡。」那警察說。

同歸於盡？段仕鴻內心一凜。所以，這不是一場意外，是一場謀殺。

「目標是誰？」謝英說，答案卻是呼之欲出。

「恐怕是葉凡芯。」那警察頓了一下，「幸好當時她坐在駕駛座，否則只怕到現在還卡在車子裡。」

「她在駕駛座？」謝英眉毛挑高，「那趙明謙呢？」

「趙明謙在警車旁。」

「這是怎麼一回事？」謝英說。

「趙明謙開車就醫途中，經過這條巷子，發現左前方有一台機車擋在路中，就是這台。」警察指著那台扭曲變形的機車，「他下車將機車牽到一旁，卻赫然聽見身後傳來引擎加速的聲音。他連忙回頭，就看見一台小客車疾速向前衝刺，瞬間撞上了警車。然後，就是我們眼前看到的這個樣子。」

「葉凡芯呢？她怎麼跑去駕駛座？」謝英說。

「這我也不了解。照理說嫌犯葉凡芯應該坐在後座才對，目前最有可能的推論是——」

「她想劫車逃逸。」段仕鴻說。那警察點點頭。

「她……什麼？」謝英說。

「她知道自己洗刷冤屈無望，又發現趙明謙離開駕駛座的大好機會，決定先逃命再說。」段仕鴻推論。以葉凡芯的小聰明程度，這很像是她會做的決定。

「這麼說來，她的小聰明救了她自己一命。」謝英說。

「但還是難逃一劫。」段仕鴻搖搖頭。

「也就是說，那台機車是故意停在路中，為的是讓趙明謙停下車來，如此小客車的自殺攻擊才能成功。」謝英說。

「這是最有可能的推論。」那警察說。

「但他怎麼會知道趙明謙的開車習慣？怎麼知道趙明謙會抄小路？」謝英皺了皺眉頭。

「不知道。照理說，一般去醫院都會開外面那條大馬路，那人卻知道趙明謙一直都走這條小路。」那警察說。

「監視器呢？附近有沒有監視器？」謝英抬頭四下張望，然而從兩側褪色老舊房屋看來，有監視器的可能性微乎其微。

「沒有。」那警察說：「已經挨家挨戶問過了，也沒有目擊者。」

就在此時，一個矮矮胖胖的警察小跑步過來，「謝警官，宏儒醫院那邊傳來消息，說已比對出肇事者身分。」

※

身穿白色長袍的醫師在走廊上穿梭，護理師來來去去，病患大呼小叫的聲音充斥著大廳。消毒水味夾雜著冷空氣撲面而來，讓段仕鴻回想起在醫院實習的那段苦日子。

他和謝英加快腳步，跟在一名護理師身後，穿過重重人群，來到二樓的一間辦公室。辦公室裡有股薰衣草的香味，讓人心神安定，半透明的玻璃門阻隔外界的吵雜聲。

「你好，我是護理師小安。醫院目前人力不足，死亡病患的資料，只好由我為你們做說明。」小安關上門，轉過身來。和段仕鴻對上眼的一瞬間，兩人都呆住了。是小安，那個小安，衛方城的地下情人。

「你……你們好，請坐。」小安清清喉嚨，指著身前的兩張椅子。謝英和段仕鴻依言坐下。

小安打開手上的病歷資料，「死亡傷患名叫劉昊天，現年五十三歲，患有慢性肝炎和三高症狀。因常常酗酒昏厥，而被送來急診救治，所以急診護理師認得他。」

「他的血液裡有酒精反應嗎？」段仕鴻說。

「有。初步檢查結果，酒精濃度很高。」

「那麼，這是酒駕肇事？」謝英說。

「不。就算是這樣，那台機車停在路中央絕對不是個意外。這是一樁蓄意謀殺。」段仕鴻說。

小安似乎嚇了一跳，拿在手上的資料夾晃了一下，差點掉到地上。

「他有家人嗎？」謝英說。

「有。他的老婆帶著三歲的女兒，正在趕過來的路上。」

「她們有覺得劉昊天最近有什麼異常嗎？」謝英說。

「沒有。但是……劉昊天最近因身體不適，在醫院做了進一步的檢查……」小安將資料夾遞給謝英，「檢查結果出來，劉昊天是肝癌末期。」

謝英快速翻閱資料，果然看見劉昊天的病歷上，寫著病名診斷「肝癌第四期」。

段仕鴻深吸一口氣。一個肝癌末期的病人，進行自殺攻擊，對象還是關鍵人物葉凡芯。怎麼想都有陰謀。

謝英又問了幾個關於肇事者的問題，小安一一回答。但段仕鴻沒有聽見，他腦海裡浮現一個畫面：一個肝癌末期的病人，知道自己再也無法照顧家人，於是接受別人給的巨款，條件是進行自殺攻擊，為兇手除去唯一可能聽過錄音檔的人。

這樣就說得通了，為什麼那台機車會停在路中央，又為什麼劉昊天會進行自殺攻擊。但說不通的是，兇手為什麼會對趙明謙的習慣這麼熟悉？而又怎麼確定葉凡芯會吃壞肚子？

段仕鴻向謝英瞥了一眼，謝英正在筆記本上振筆疾書，一臉專注。

謝英從兇案現場偷走手機，但卻從不承認；她明知道葉凡芯是無辜的，卻還是起訴葉凡芯；就連丁志鵬命案的時候，她都在現場，而他昏迷之後，所有的事情經過，都是她口述的。難道……

他回想起謝英當時說的話「別殺他」，那哀求的語氣，卻是那麼真誠，怎麼都不像偽裝。謝英彷彿感覺到他的目光，轉過頭來看他，露出一臉疑惑的表情。段仕鴻搖搖頭，然後別過頭去。

「上頭交代我來做說明，那如果沒有其他問題，我就先去忙了。」小安說。

「謝謝。」謝英站起身，和小安握手。

「等等，」段仕鴻連忙叫住她，「請問，葉凡芯她……她狀況還好嗎？」

「手術還算順利，生命跡象已經穩定，只是意識還沒清醒。什麼時候會醒來……」小安搖搖頭，「很難說。」

他一顆心沉了下來。他明白她的意思：葉凡芯不一定會醒過來。也許，一輩子都要靠呼吸器維生。

「我能去探望她嗎？」

「可以，但只能隔著玻璃窗看著她。她在八三三病房。」小安說。

段仕鴻道謝，走出辦公室，搭電梯上八樓。眼前出現一整排粉紅色的病房門牌，他沿著房號一間一間找尋過去，終於在倒數第二間，找到八三三號房。

他手握住門把，那一瞬間，卻猶豫了。他不知道要帶著怎樣的心情進去，去面對這一個他愛過、恨過、最熟悉的陌生人。

他佇立半晌，最後深吸一口氣，轉開了門。

隔著玻璃窗，看見一個瘦弱嬌小的女人，靜靜地躺在病床上。她的面容凹陷，雙眼緊閉，眼角貼著紗布。那微弱的生命依附在一支呼吸管上，一旁的機器規律地發出節奏，「嘟——嘟——嘟——」彷彿是她努力想活下去的證明。

段仕鴻很想對天大叫，她怎樣都不該遭到這般的下場。她就算有千百種不是，也不該替兇手背黑鍋，不該被自殺攻擊。

他往前走兩步，將臉貼在玻璃上，靜靜端詳葉凡芯的臉蛋。回憶如潮水般襲來，在他眼前上演。

他想起第一次看見她的模樣，她在大笑，笑著說她絕對是最正的助理。一段時間之後，他們常常在鴻品的休息室約會，他會去買她最愛的宵夜，她就這樣依偎在他懷裡。他還記得如雷般的笑聲常常響徹休息室。

然後曉華發現了。經歷一段難熬的爭吵和官司，他失去了曉華。那一刻他突然發覺，他曾一心一意想逃離的女人，卻帶走了他的心。他開始有些茫然，他的人生傾斜，彷彿所有的事情都脫離軌道，不在掌控之中。

然而，他也不明白愛情是什麼時候變了質，他開始感覺到和葉凡芯之間有一道透明的牆。他們互相親吻擁抱的時候，距離那麼近，但他感覺不到她的心。她總是笑著撒嬌，他卻不知道她是不是真的開心。

毫無預警的，她打包所有的東西，一句話都沒說就離開了。他追上火車，得到一切的答案，痛徹心扉的答案。那一刻，他甚至不確定自己想不想知道。她背叛了他，如同當初他背叛了曉華。

然後他才明白，被劈腿的痛苦，不只是失去一個情人，還是在愛情的競爭賽裡，你輸給另一個男人。你是輸家，你不如他。而且，是在你愛的人眼中，你不如他。

直到一滴淚滴到他手背上，他才發覺自己淚流滿面。他堅強太久了，他從來沒承認過，可是他真的很受傷，他的自信心在那時瓦解，所有的負面情緒襲捲而來，自卑、膽小、逃避、失敗者的字眼將他緊緊包覆。他要怎麼承認，他被擊敗了，被他愛過的女人狠狠的打倒在地上，只能痛苦的掙扎。

他不能示弱，他只能站起來，然後假裝毫不在乎。他需要過得比她更好，證明他不需要她。甚至表現得比第三者更好，證明她做錯了選擇。他想要讓她後悔，只為了證明她錯了，只為了替自己討回一口氣，假裝自己沒輸了那場競賽，假裝只是裁判一時誤判。

但他錯了，這一切什麼都不能證明。愛情從來都沒有競賽，一切都只是一種選擇。就如同他當初背叛了曉華，不是因為葉凡芯比曉華更好，也不是因為他愛葉凡芯愛得比較深，而是，在當時的情況裡，他做了一個選擇。

思緒及此，他稍微釋懷，擦乾了眼淚，默默凝視著她。

然後，他拿出手機，刪除所有有關她的照片，還有曉華的照片。他握緊拳頭，是時候該揮別過去。

「我會為你找出兇手，為了所有被這件事牽連的人。為了你、為了范琬如、為了謝英，還有，為了李山河。」他修長的手指隔著玻璃，滑過她沉睡的臉龐。

他抬起頭，卻赫然發現謝英就站身邊。他別過頭去，兩人間陷入一片沉默。

「謝謝你。」謝英突然開口。

「謝我什麼？」

「為了李山河，我聽到了。」

「你說的對。我之前從來沒關心過李山河，我破案只是為了自己。我明明知道他受冤屈，卻不放在心上。」段仕鴻點點頭，「我會為他找出真相。」

「還有，謝謝你說為了我。這代表你還相信我。」謝英說。

「我相信我的直覺。」他直視著謝英，「有件事我還沒告訴你。」

「我也是。不過，你先說吧。」

「李山河留下的牙科教科書，還有他臨死前寫下的gh，我知道他想表達什麼了。」

「表達什麼？」謝英身體前傾，迫切的將臉貼近。

「竊聽器。他在牙齒內裝了一個迷你竊聽器，我相信竊聽到的錄音檔就在筆電裡。錄音檔裡有兇手的把柄，這也是為什麼葉凡芯會被兇手盯上。」

「他覺得葉凡芯聽過錄音檔？」謝英說。

「葉凡芯偷走筆電，猜測她聽過錄音檔，也是合情合理。」

「那葉凡芯真的聽過錄音檔嗎？」

「我不知道。我認為沒有。」段仕鴻聳聳肩，「她說過她太害怕了，直接將筆電交給丁志鵬。只可惜這線索就跟著筆電消失而斷掉了。」

「不見得。」謝英伸出右手，手掌攤開，是一支黑色的智慧型手機。

「這是……李山河的手機？」段仕鴻睜大雙眼。

謝英點頭，「只是，目前遇上一個難題。」

第十二章　誰是真兇

段仕鴻用食指點了一下手機，出現密碼解鎖的畫面，需要輸入四個數字。

「他的密碼。」謝英搖搖頭，「我試過所有可能的答案，都打不開。」

「這裡面有什麼？」段仕鴻說。

「說真的，我不知道。」

「那你為何——」

「要拿走手機嗎？」謝英低下頭，「我怕長官在手機裡發現我和他的交情，更怕被知道我包庇通緝犯多年，所以……」

段仕鴻將手機在掌心翻來覆去。這是最新的復古版手機，機身輕巧，幾乎沒什麼重量。他盯著背面的黑色機殼思索。密碼，會是什麼？

「生日，你試過了吧？」段仕鴻說。

「都試過了，他的、我的、李晴的，連李松嶽的生日都試過了。」謝英說。

「你們有什麼特別的紀念日嗎？」

謝英面露苦笑，「基本上，他不太慶祝節日，連我的生日都不太記得。他總說，日子本身沒有意義，是我們如何度過賦予它意義。所以，他不慶祝別人定義的節日，聖誕節、情人節、跨年等等，他都覺得是別人的事，與他無關。」

「我也真想學學這一套說法阿。」段仕鴻撫摸著下巴。

「我們唯一會慶祝的日子，就只有九月二十六，我們在一起的那一天。他說，那一天改變了他的人生。」

「那你試過了嗎？」

「這還用說，早就試過了。」謝英揮揮手，「事實上，那是他以前的密碼，他改掉了。」

「那一天改變了他的人生。」段仕鴻喃喃自語。

謝英嘆了一口氣，說：「只是，我終究不知道，那一天是他的幸運，還是他的不幸。」

「為什麼這麼說？」段仕鴻說。

「在遇到我之前，他是個無憂無慮的少年，有令人稱羨的天才頭腦、人人望塵莫及的駭客技術，背後更有家財萬貫的李松嶽撐腰，生活上什麼煩惱都沒有。然而，卻遇上了我……」

「遇到你是他的幸運。是你叫他別再做違法的事情，是你帶領他走上正途。」段仕鴻說。

「不。」謝英搖搖頭，「如果我當初沒有堅持所謂的正義，沒有叫他去檢舉李松嶽的違法交易和洗錢內幕，那麼李松嶽就不會入獄。如果李松嶽沒有入獄，接下來的一切也不會發生。李晴不會死，李山河更不會死。」

「李晴……她到底是李山河的誰？」

「原來你還不知道。李晴，就是李松嶽的私生女。」謝英說。段仕鴻點點頭，這個答案還不算太意外。

「李松嶽入獄沒多久，便死於獄中鬥毆。李晴雖是私生女，卻也是唯一留下的後人——」謝英說。

段仕鴻恍然大悟，「所以李松嶽龐大的遺產，自然落到李晴手上。這也是李晴被殺害最可能的原因。」

「兇手當然不會放過狐狸。我想，這就是為什麼狐狸消失不見多年，她在躲著兇手，她知道自己是兇手最後的目標。」

「李晴媽媽叫做狐狸？」段仕鴻說。

「嗯，我不知道她的名字，應該說，她從不說她的名字。我們都學李松嶽，叫她狐狸。」

「那你怎麼確定……」段仕鴻瞇起雙眼，「狐狸還活著？」

謝英頓了一下，「李山河告訴我的。」

「他又是如何知道？」

「因為，是他親手救了狐狸。」

話一說完，病房的門打開，小安素淨的臉蛋從門後探出來。段仕鴻突然有種莫名的不安感，小安是不是一直都在門外偷聽。

小安向他們兩人點點頭，說：「很晚了，你們還在這？」

「你也還沒下班。」段仕鴻說。

「我做完這個病歷紀錄要下班了。」小安拉起門側懸掛的病歷板，書寫了一會，然後關門離去。

謝英剛要開口，段仕鴻向她比了一個暫停的手勢。他走到門邊，將耳朵貼在門上傾聽，隔了一會，猛然拉開病房的門。

他看見小安的馬尾消失在門後，他想叫住她，小安卻走的飛快，下一秒已經看不見蹤影。

「怎麼了？」謝英悄聲說。

「沒事。」他關上門。腦中忽然浮現那天他去拜訪三樓時，小安堅持不讓他參觀她的房間。如今回想起，她那驚惶的表情，究竟是害羞，或是害怕。

「你剛剛說到，李山河救了狐狸。那是怎麼回事？」段仕鴻說。

謝英搖搖頭，「不重要。我們只要把精神放在如何解鎖手機就可以了。」

「謝英，我必需要了解李山河，才有機會解開密碼阿。」

謝英從牆邊拉過一張椅子，坐了下來，「李松嶽入獄後，李山河一直很自責，他本以為他做了一件對的事情，卻看見李晴母女兩人瞬間失去依靠。她們本來就無名無分，李松嶽無預警的倒下，若找不到遺產分配書，她們一毛錢也分不到。更糟糕的是，狐狸覺得她們似乎被跟蹤。」

謝英說到這裡，眼神凝望著牆角，「那天晚上，李山河在家門口收到一隻玩偶，他立刻明白李晴出事了，他很快定位出李晴的手機位置，就在平林河邊。他抓起車鑰匙衝出門，我勸他別去，說他處境也很危險，這番話卻讓他想起了狐狸。他定位出狐狸的手機位置，卻在那個廢棄倉庫裡。」

「一個在北方的平林河邊，一個在南區的廢棄倉庫。該先去哪個地方？」段仕鴻說。

「沒錯。如果是你，你會先去哪個地方？」謝英說。

段仕鴻手摸下巴，「那人刻意透漏李晴出事的消息，應該就是想引誘李山河過去。如果是我，也許……會先去倉庫吧。」

「他當時就是這麼想的。他叫我去河邊看看，自己趕往廢棄倉庫。誰知，他一走進倉庫，就看見李晴躺在地上，從頭到腳被膠帶裹的密不通風，一動也不動，怕是已經死了。他抱住李晴，試著把她身上的膠帶撕下來，但沒有用，膠帶層層疊疊，完全沒有下手的地方。就在這時，他聽見倉庫更深處傳來尖叫聲。」

謝英吞了一口口水，又繼續說：「他認出是狐狸的尖叫聲，衝了進去，卻看見狐狸倒在地上，兇手蹲在她身邊，正在用膠帶綑綁她的雙手。」

「他看見兇手了？」段仕鴻不由自主的握緊拳頭。

謝英搖搖頭，「兇手戴著小丑形狀的頭帽，看不見臉。兇手似乎沒預料到他會這麼早來，一看見他，立刻丟下手上工具，拔腿就跑。李山河用力搖晃狐狸的肩膀，她卻毫無反應。就在此時，他再度聽見兇手回來的腳步聲。」

「他抱起狐狸，往外狂奔，經過李晴身旁的時候，腳步停頓了一下。狐狸微微睜開眼睛，虛弱的哀求：『別救我，救小晴。』李山河回頭看了最後一眼，抱著狐狸衝出倉庫。他將狐狸放在車內，轉身又衝回倉庫。」

謝英說到這裡停下來。她面色蒼白，緊咬下唇，似乎在想像那晚的情形。窗外夜色深沉，病房裡鴉雀無聲，只有那機器的「嘟——嘟——」聲響，迴盪在這個空間裡。

不知過多久，謝英幽幽的嘆一口氣，說：「他衝回去，但李晴卻消失了，本來她在的地方只剩空蕩蕩一片。他有些慌亂，忽然間一塊布遮住他的嘴巴，他就此失去意識。等他醒來時，已經是在醫院，身邊圍了一排警察。」

謝英說完，病房陷入一片沉默。段仕鴻輕拍她的肩膀，突然間一個想法撞入腦海。

「那天，是幾月幾號？」

「我永遠都記得，是七月二十三號。」

段仕鴻拿出李山河的手機，輸入密碼的畫面再度出現。他迅速按下四個數字「0723」，畫面閃了一下，然後出現——

密碼錯誤。

段仕鴻像洩了氣的皮球，無力的垂下雙手。謝英搖搖頭，勉強擠出一個微笑。

他和謝英道別，開車回家。此時夜色已深，路上空曠無人，只有紅綠燈號誌孤零零的閃爍。

如今終於明白李晴遇害的原因，也終於了解當年案發的經過。李晴命案從一開始，兇手就打算陷害李山河，原本計畫殺害李晴和狐狸之後，李山河剛好趕到，再將兩起命案栽贓給他。誰知陰錯陽差，李山河提早到來，救了狐狸一命，卻救不回自己的清白。

然而，如果這一切都是為了錢，李晴、狐狸、李山河死後，有誰會獲利最多？

段仕鴻在紅燈路口暫停，無意間瞄了一眼後照鏡，突然發現後方停著一台黑色轎車。他心中湧起一股不安，總覺得這台黑色轎車似曾相識。

綠燈亮起，段仕鴻踩下油門。路上空無一人，他故意將時速加到一百，連續闖過兩個紅燈，然而，那台黑色轎車依然緊緊跟在他車後。

段仕鴻心頭砰砰亂跳，他想起葉凡芯昏迷不醒的躺在病床上，靠著機器維持微弱的生命。而他從沒想過，自己會是下一個獵物。他腦中不自主的浮現那個夜晚，那個差點被死神帶走的夜晚，莫名的恐懼感蔓延，全身起了雞皮疙瘩。

他猛然想起什麼時候看過這台車。

就在那個夜晚，那台停在他車子前面的黑色轎車。他和葉凡芯親眼看見有人從車上跳下來，偷偷摸摸翻進丁志鵬的別墅。

那個警方沒找到的「第六個人」，也許就是一切的罪魁禍首。

一滴汗從他額頭滑落，滴在他的手臂上，他大口呼氣、吐氣。冷靜，他必需要冷靜。他在下一個十字路口右轉，他知道他要去哪裡。

他不能抄小路，也許小路裡會有埋伏，必須盡可能挑大馬路走。他車速越開越快，然而黑色轎車也是越跟越近。他心一橫，不再理會紅綠燈，油門直踩到底，一心只想盡快到達目的地。

眼前終於看見「三如警察局」的招牌。他立刻從車上跳下來，一邊衝進警察局，一邊大叫：「警察！警察！」

一個警察坐在辦公桌後方打盹，被段仕鴻的叫聲驚醒，抬起頭來，說：「發生什麼事？」

「我被跟蹤了。」段仕鴻說。

那警察睡眼惺忪，伸手揉揉眼睛，「什麼……跟蹤？」

「一輛黑色轎車。」段仕鴻手指著門外。

那警察往外走去，探頭東張西望，然而除了段仕鴻的車子外，路上什麼都沒有。

「他走了。」段仕鴻喃喃自語。

「嗯，那沒事了，你快回家吧。」那警察揮揮手，似乎想把段仕鴻趕出去。

「不，他跟蹤我好一段路，一直到我進警察局才離開。這難道不用追查嗎？」段仕鴻說。

「你的意思是，你要報案？」

「對。而且我懷疑那台車便是丁志鵬命案當晚，停在別墅——」

「記得車牌號碼嗎？」那警察走回辦公桌前，拿起一張白紙。

「CG什麼的……我有點忘記後面四個數字。」段仕鴻懊惱的拍拍額頭。他太緊張了，居然忘記把車牌號碼背起來。

「CG什麼的。」那警察打了一個呵欠，「就這樣？這樣要怎麼查？」

段仕鴻皺緊眉頭，努力壓下怒氣，說：「車牌號碼CG開頭，黑色福特轎車。這可以查得到吧？」

「嗯。明天早上我會處理，你可以走了。」

「對。我會寫下你的名字，如果回去路上出事，人人就會知道你這個警察是如何當的。」段仕鴻說，踩著憤怒的步伐離開。

段仕鴻剛發動車子，一個矮胖的警察一拐一拐的跑出來，大聲呼叫：「福爾摩斯，福爾摩斯。」

「趙明謙，你怎麼在這裡？你傷勢還好嗎？」段仕鴻說。

趙明謙笑了笑，「就是不太能走路，要休養幾個禮拜。」

「那你趕快進去休息。」

「你怎麼來了？發生什麼事？我剛剛在裡頭的休息室，聽到你說話的聲音。」

「說到這個我就生氣。那警察的態度，真是不管別人死活。」

「別氣，別氣，民德這人一直都是這樣的，能偷懶就偷懶。我幫你處理吧。發生什麼事？」趙明謙說。

段仕鴻便把事情經過說了一遍。趙明謙聽完，臉色沉重，說：「你說那台車便是丁志鵬命案當晚，停在別墅前的車？你確定嗎？」

「是同一款型號，顏色和大小都相同。但我不能百分之百肯定。」

「好。我明天立刻調查，一有消息就通知你。」

「麻煩你了。」

「另外，這是我的電話。」趙明謙遞上一張名片，「真的有緊急事件，你就撥這通電話。需要我開警車送你回去嗎？」

「不用了，你好好休息。我在這裡待這麼久，他應該走了。」段仕鴻說。

※

段仕鴻隔天看診時有些心神不寧，三不五時便往門外張望，擔心是否又出現黑色轎車的蹤影。房依靜以為他在找什麼東西，一直詢問他，他只好隨便應付說：「我在等一個人。」

晚上九點，他收拾好東西，準備下班，順手整理一下凌亂的電腦桌。自從葉凡芯離開後，桌子上的雜物堆疊得快要滿出來。

他把一整疊廣告信件丟進垃圾桶，又將兩本原文書放回書櫃，忽然看見那張狐狸和李晴的合照。他將照片拿起來仔細端詳，狐狸還活著，但是，究竟是誰？

此時，休息室電話響起。他接起電話，「怎麼了？」

「段醫師，你等的人來了。」房依靜說。

他差點失笑，說：「我等的人來了？是誰？」

「咦，不是顏如惠嗎？她剛剛走進來說要找你。」

「她要找我？」段仕鴻皺了皺眉頭，「請她上來吧。」

隔了一分鐘，休息室的門打開。顏如惠面色凝重的走進來，看起來心事重重。

「你找我，什麼事？」段仕鴻說。

顏如惠不說話，拉了張椅子，緩緩坐下。段仕鴻默默打量她，不知道她葫蘆裡賣什麼藥。

「我和我前夫何小龍，前陣子，離婚的官司終於私下和解了。」顏如惠說。

「嗯，恭喜你。」段仕鴻說，不太明白她想表達什麼。難道她想找新的長期飯票？

「他本來態度都很強硬，堅持一切都是我的錯，我必須負責賠償。誰知道這幾天，他突然說不想再打官司了，他覺得這一切都沒什麼意義，他想和解。」顏如惠說。

「嗯嗯，那很好阿。」

「奇怪的是，他明明拍到我和丁志鵬偷情的照片，最後卻選擇私下和解，每個月付我四十萬贍養費。你知道，如果他選擇打官司打到底，他一定會贏的。我不僅一毛都拿不到，還要賠錢。」

「可能……可能夫妻一場，他也希望你未來能好好過生活吧。」段仕鴻說。

「不，不可能。錢就是他的命根子，他不可能這麼好心。我們為了這場離婚官司，早就鬧到撕破臉。他請了五六間徵信社查我，我也花了好幾百萬賄賂他們，他最後逼不得已，只好自己偷偷跟蹤我，但他技術實在太差，每次都被我發現。」

「嗯……」段仕鴻一時不知該如何回答。很好，你真的很會偷吃？

「他花了這麼多心血，好不容易拍到一張照片當證據，卻莫名其妙放棄。」顏如惠說。

「你的意思是……他也偷吃？」

「不，不是。」顏如惠說。她從包包拿出一張照片，遞到他面前，「這就是那張照片，我從他車子裡偷來的。」

段仕鴻只瞥了一眼就別過頭去。那是一張裸照，照片裡顏如惠和丁志鵬全身一絲不掛，丁志鵬壓在顏如惠身上，兩人忘情地親吻。

「所以呢？」他感覺自己有些臉紅了。

「不，你看清楚一點，你看我的胸部旁邊。」顏如惠指著照片說。

「不用了，不用了。」他連忙將照片推開，「你要表達什麼？」

「本來我不知道這張照片是什麼時候拍的，一直到我看到這隻手錶。這是志鵬的手錶，它上頭不只會顯示時間，還會顯示日期。」

段仕鴻立刻將照片拉過來一看，果然顏如惠的胸口旁，躺著一隻金色手錶。手錶上時間是晚上八點二十三分，日期則是——

「八月十三日。」段仕鴻倒抽一口氣，感覺胸口劇烈跳動。

「就是那天，志鵬死的那天，他拍下的照片。」顏如惠說。

「他在那裡，他也在那裡。」

「對，只是他在警方抵達之前就先逃走了。警察不是說，有找到一個不明身分的指紋嗎？」

「你覺得就是他？」段仕鴻說。

「是他，他就是兇手，是殺害志鵬的兇手。他那天看到我和志鵬親密的樣子，一怒之下，就……就下手殺了他。」

「如果他這麼生氣，那他為什麼要和你和解？」段仕鴻說。

「他殺了人，當然怕東窗事發，這件事越低調越好，所以才選擇和解。」

「光有這張照片還不夠，沒有證據證明這張照片是他本人拍的。」段仕鴻搖搖頭。

「我知道。所以，我那天……又順手偷了行車紀錄器。」

「在哪裡？」段仕鴻走上兩步。

「藏在我家。如果你相信我的話，我等下會拿來給你。」

「我要下班了，我送你回家。」段仕鴻從桌上抓起車鑰匙。兩人走出鴻品，漆黑的夜色讓他想起一件事。

「何小龍的車，是黑色的嗎？」段仕鴻說。

「對，黑色的。」

「車牌號碼是多少？」

「車牌號碼？」顏如惠閉上眼睛思考，「好像是……CG-5560。」

※

「就是這裡。」顏如惠指著不遠處一棟社區大樓。

那棟大樓外觀略顯老舊，蓋成一個「ㄇ」字型。黑色的鐵欄杆門聳立在中央，形成一道嚴密的防衛，欄杆門一側，有個小門連接著警衛室。警衛室裡空無一人，小門也敞開著，不知道是不是誰忘記關上門。

段仕鴻將車子靠邊停下。夜幕深沉，只剩一盞路燈孤零零的照亮著。幾滴雨打在車窗上，他突然覺得有點冷，將外套拉緊一些。

「下雨了。」顏如惠手指劃過車窗。

「你上去拿吧，我在這裡等你。」段仕鴻說。

「你確定不想跟我一起上來嗎？」顏如惠眨眨眼。

「不想。」

「確定？剛剛你也看到了，我身材……還算不錯吧，想不想——」

「我想要行車紀錄器，謝謝。」

顏如惠嘴角撇向一邊，打開車門走出去。她撐開傘，背影消失在大樓裡。

段仕鴻身體向後靠，雙手交叉胸前，靜靜地等待著。

他不知道該不該相信她的說法，必需要拿到行車紀錄器才能確定。但若她所言為真，何小龍就難逃兇手的嫌疑，更是最有可能拿走丁志鵬筆電的人。他在警方抵達之前就先逃走了，所以沒有人知道他曾經在場。

現在回想起來，那晚爬進窗戶的身影，的確很像何小龍。那人抬頭瞬間曾閃過一道光亮，可能便是何小龍那副招牌黃金眼鏡的反光。

雨勢漸大，斗大的雨滴在車頂恣意的敲打，「乒乒乓乓」像是一首狂想曲，在密閉的車內更加擴大分貝。

顏如惠不知道還要多久才下來。他乾脆將引擎熄火，兩側車窗打開，幾滴落雨隨風飄進來，彈到他臉上。

他將眼鏡拿下來擦乾淨，又重新戴上。他向車外隨意張望，突然間，他看見了——CG-5560。

他猛然打直身體，倒抽一口氣。

那台黑色轎車就停在對街的樹下，就在他車子的右前方。

他感覺心臟「撲通撲通」的急速跳動，他又再一次被跟蹤了。他雙手互握，試圖讓自己冷靜下來。

不，不對。自從他停在路邊之後，就沒有別的車輛經過，也就是說，這台車比他還早就停在這邊。

但是何小龍怎麼知道他會來？不，等等，何小龍的目標不是他，是……

段仕鴻抬頭仰望那棟大樓——

是顏如惠。

他必需警告她，但是，他沒有她的電話。沒辦法了，他拿出名片，撥打警察趙明謙的電話。

電話「嘟——嘟——」響了快一分鐘。段仕鴻左手握拳，指甲嵌進肉裡。快接阿，快接阿！

「喂？」電話終於接起。

「趙明謙，我知道——」

「喂，你是哪位？」趙明謙說。

「我是段仕鴻。」段仕鴻又補上了一句，「我是那個……福爾摩斯。」

「喔喔……福爾摩斯。發生什麼事？」趙明謙壓低聲音。

「我知道跟蹤我的黑色轎車是誰了，他就是——」

「何小龍。」

「你已經知道了？」

「傍晚的時候我收到報告，打了幾通電話，但聯絡不上他，還在找尋他的位置。」

「不用找了，我知道他在哪裡。」段仕鴻盯著眼前那台黑色轎車。

「你知道？」趙明謙說：「在哪？」

「就在我眼前。」

「什麼？在你眼前？你……你在哪？」

「我在……」段仕鴻瞇起眼睛看門牌，「宜仁街二段四十五號，一棟社區大樓的前面。我懷疑何小龍埋伏在他前妻家裡。」

「我馬上到，你先別輕舉妄動。」趙明謙掛上電話。

段仕鴻雙眼注視著大樓，緊咬下唇。滂沱的雨勢像一道透明簾幕，隱隱約約遮蔽了大樓。

忽然間，大樓裡傳來一聲槍響，「砰——」一聲巨響劃破了黑夜。

他瞬間愕然。顏如惠出事了嗎？

接著犬聲狂吠，此起彼落。住戶一家一家點亮燈光，好幾戶人家打開窗戶查看，大聲指指點點。

段仕鴻推開車門，左右張望。大雨滂沱，傾盆而下，雨水瘋狂打在他身上。他是不是該做點什麼？

但他能做什麼？趙明謙怎麼還沒到？

就在此時，一道人影迅速從大樓狂奔而出。那人穿過中庭，接著衝出大門，便要衝向黑色轎車，黃金眼鏡在月光下反射出光澤。

段仕鴻腦袋來不及思考，身體已經衝上前去。他衝向那台黑色轎車，雙手張開擋在車前，大聲說：「何小龍，你對顏如惠做了什麼？」

雨水一滴滴落在何小龍臉上，他的表情扭曲，嘴角抽動，說：「走開，你這白痴。」

「顏如惠呢？」段仕鴻說。

「她不就在……你身後嗎？」何小龍比了一個槍的手勢。

如果不是剛剛聽到那道槍響，段仕鴻是絕對不會轉頭的。他知道何小龍這樣說，下一步一定是要逃跑。

但他還是轉過頭，一看見背後空蕩蕩一片，心知不妙，立刻回頭。何小龍已經在好幾步之外，他用盡全力追上去。

兩人一前一後跑在路上，雨水淋得他們全身濕透。穿越過兩個路口，段仕鴻眼見和何小龍距離越來越近，他伸出一隻手，抓住何小龍的襯衫後領，何小龍猛然向前暴衝，甩脫他的手指。

他又再度追上。這一次他用手勾住何小龍的脖子，兩人向前撲倒在地上，何小龍扭轉回身，向他揮出一拳，他偏頭閃過，雙手迅速抓住何小龍的雙臂，何小龍頭頂往前用力一敲，撞上他的額頭。他額頭微麻，雙手力道稍微鬆脫，何小龍將他一腳踢了出去。

何小龍正要爬起身，他又衝了上去，握住何小龍的手腕。何小龍用力反抗，兩人用盡全力比拚，一時僵持不下。段仕鴻力氣較大，緩緩將何小龍的雙手壓在地上。

「說，你做了什麼事？」段仕鴻說。

「我什麼事都沒做，什麼事都沒做。」何小龍大叫。飛濺的雨水混雜著地上的泥濘，濺的他滿臉髒污。

「顏如惠呢？她……死了嗎？」

「我……我不知道，我不知道。」

「你怎麼不知道？是你開的槍嗎？」

「我不知道，我……」

「說，是不是你？」段仕鴻大聲說，手上加勁。

「是我開的槍。怎樣？」

「你為什麼要這麼做？為什麼殺丁志鵬？為什麼殺顏如惠？為什麼跟蹤我？」段仕鴻不自覺的握緊手指，指甲陷入何小龍的皮膚裡。

「阿……好痛……別……別傷害我……求你……別傷害我……」何小龍哀求，臉頰流下兩行眼淚。

段仕鴻瞬間呆住，何小龍趁機頭向前撞，他抬頭及時閃過。何小龍右手翻轉，掙脫束縛，往前一伸抓住他的脖子。他試圖掙脫，但何小龍越抓越緊，他漸漸感覺呼吸困難，他用力扳動何小龍的手指，但只能微微拉開一些距離。

他心一橫，雙手也掐住何小龍的脖子。

兩人伸手互掐。大雨滂沱，浸濕兩人衣衫，一道閃電在天空橫劈而過，照亮他們掙扎的臉龐。

何小龍漸漸鬆開雙手，他的臉色脹紅，舌頭吐了出來。

段仕鴻這才猛然驚覺，再不放手，何小龍可能被他活活掐死。他放開雙手，何小龍向後一倒，躺在地上，大口喘氣。

「何小龍……你……你已經事跡敗露了……跟我……回警局……」段仕鴻摸著胸口，大力呼吸。

「我……好……我跟你回警局……」何小龍掙扎坐起，忽然間眼神一變，說時遲，那時快，迅速從口袋掏出一把槍，槍口上膛，對準段仕鴻的額頭。

段仕鴻頓時不敢稍動，他緩緩舉起雙手，屏住呼吸，感覺自己身體發抖的厲害。

驚雷陣陣，何小龍握槍的手在雨中顫抖。

然後時光彷彿靜止了，所有的事情都發生的很緩慢。何小龍手指扣住扳機，往後一勾，段仕鴻絕望的閉上雙眼，面對自己的死亡。

「碰！」

鮮血飛濺，熱辣辣的血泉噴出，濃厚的血腥味混雜在雨中，伴隨著煙硝灰飛。

段仕鴻睜開眼睛，看著自己被鮮血染污的雙手。他還活著，他沒有死，他還活著。

何小龍躺在地上，雙目睜的斗大，鮮血從額頭上的彈孔涔涔流出。段仕鴻回過頭，趙明謙站在他正後方，緩緩放下手中的手槍。

趙明謙快步向前，在何小龍身旁蹲下，伸手去探何小龍的頸動脈，然後搖搖頭。

他死了。

段仕鴻愣在原地，只覺得腦中亂哄哄的，一時不能回神。趙明謙將他扶到路旁，跟他說了幾句話，但模模糊糊的他聽不清楚，只記得趙明謙拍拍他的肩膀。

警車和救護車的鳴笛聲由遠而近，接著好幾台警車停在路旁，迅速拉起黃色警示線。他看見謝英出現，在現場指揮，兩個救護員走到他身旁，為他做了一些檢查。

雨勢越來越大，傾盆大雨將他身上的鮮血沖淡，他凝視著何小龍的軀體被送上救護車。

※

最近備受矚目的丁志鵬命案，有了最新進度。警方昨天擊斃了試圖開槍傷人的兇嫌何小龍。

警方透過行車紀錄確認何小龍事發當晚在丁志鵬家，也比對丁志鵬家的不明指紋，確實屬於何小龍。同時更在何小龍的私人工廠裡，搜到迷藥罐以及成批的工業用膠帶，甚至還有丁志鵬的筆電。只可惜筆電內容已經被清空，無法還原。

另外，由於犯案手法和李晴、李山河命案皆類似，警方已經對兩件命案重啟調查，不排除三條命案皆為何小龍所犯。

而日前車禍受傷的葉凡芯已洗清嫌疑。據了解，她的狀況已經好轉，目前可以張眼對答，但她拒絕接收媒體的訪問……

段仕鴻窩在休息室的沙發上，歪頭看著電視新聞。新聞上謝英正在接受採訪，記者拿著麥克風把她團團包圍。

謝英抬頭挺胸，雙手交叉在背後，說：「昨天深夜，兇手何小龍潛入前妻家中，試圖對前妻下手，卻不幸擦槍走火，發出巨大聲響，何小龍連忙逃走，被見義勇為的民眾和警察聯手制伏。因何小龍意圖開槍傷及民眾，警方最後不得已將他當場擊斃。」

此時，休息室的門打開，房依靜走進來，說：「段醫師，中午休息時間剩下半小時而已，你還沒吃飯？」

「我不餓，晚點再吃。」段仕鴻說。

房依靜將一杯黑咖啡放在桌上，「段醫師，這杯請你喝。」

「怎麼這麼好。房依靜居然請我喝飲料？」

房依靜露出難得的笑容，「你最近辛苦了，請你也是應該的。」

就在那一刻，段仕鴻呆住了。腦中似乎閃過一件很重要的事情，然而模模糊糊的，一時想不起來。

「段醫師，你好好休息。」房依靜轉身離開。

段仕鴻望著她離去的背影，矮小的身高，擁腫的身軀，他確定沒有認識的人長得和她一樣。但是，為什麼剛剛那一瞬間卻有似曾相識的熟悉感？他唯一確定的是，這件事和李山河有關。

他打開抽屜，拿出李山河的手機，一張照片黏在手機上，飄落至地上。他彎腰撿起，看見照片的一瞬間，全身彷彿電流穿過，僵直在原地。

是李晴和狐狸的那張慶生合照。

照片中，狐狸微笑著，露出一部分的下排牙齒。而這牙齒的排列，他在幾秒前就看過——

他抓起照片衝出去，追到房依靜身後，「房依靜。」

房依靜轉過身，面露疑惑，「段醫師，怎麼了？要我幫你買午餐嗎？」

「我該叫你房依靜嗎？或者，該稱呼你，狐狸。」

房依靜全身顫抖了一下，驚慌的後退幾步，「你……你說什麼？」

「狐狸，你就是狐狸，原來你就是狐狸。」

「什……什麼狐狸？」

「我知道你去整形，我知道你隱姓埋名，但我從來沒猜到，你就躲在這裡，躲在自己的舊屋子裡。」段仕鴻說。

「我……我不知道你在說什麼。」

「金獅幼稚園。」段仕鴻恍然大悟，「你曾經說過你女兒也讀金獅幼稚園，但她最後跟著你丈夫離開了。原來……原來是這個意思。」

房依靜臉色一變，表情帶著三分防衛，「對，我就是狐狸。你想怎樣？」

「房依靜，我不會傷害你。好嗎？」段仕鴻走上幾步，輕拍她的肩膀，「沒事的，你已經安全了。兇手已經死了，你現在很安全。」

房依靜咬緊下唇，說：「你說的沒錯，李山河已經死了，那殺人兇手已經死了。」

「李山河不是殺人兇手，他是被栽贓的，他還救了你。你……你不記得了嗎？」段仕鴻說。

「我活著也好，我死了也罷。李大哥入獄那天，我也就跟著死了。六月二十五，那是我的忌日。」

房依靜越說越咬牙切齒，臉上罩上一層寒霜。

「我明白，李松嶽入獄對你們母女是很大的打擊。只是，李山河了解你們母女的困境，也做了很多事去幫忙——」

「幫忙？」房依靜冷笑一聲，「他能幫些什麼？」

「他一直很關心你們母女。如果不是這樣，他不會在第一時間到達事發現場，也不會來得及救你性命。」

「救我？我倒希望我那天也跟著死了，總好過這幾年的折磨。他救了我？他救了我？哈哈，他親手殺了李大哥，殺了晴，也殺了我。」

段仕鴻沉默幾秒，緩緩的說：「這就是為什麼李晴命案之後，你從來沒出面為他辯白。你不只是害怕，你恨他，你希望他永遠背著這個黑鍋。」

「他是罪魁禍首。如果不是他去告密，李大哥不會死，晴也不會被連累，他跟殺人兇手沒什麼兩樣。」

「話不能這麼說。後續的發展，什麼人都無法預料。而李山河……他如果不是為了調查李晴命案的真兇，也不會送命。」

「哼，他查到了什麼？還不是因為丁志鵬的命案，警方才抓到兇手，他又有什麼貢獻？他活著，沒人在乎，他死了，也沒人在乎。」

「房依靜，你……」段仕鴻搖搖頭，「我明白你恨他，但他也沒做錯什麼。李松嶽確實犯罪，他該受到制裁。唯一做錯的人，是那個殺人兇手。」

房依靜沉默不語，嘴唇微微抽動，眼眶已經紅了。

「房依靜，我知道你還是很關心李山河的。他死的隔天，你喝到爛醉，還爬不起來上班，記得嗎？」

房依靜雙手摀面，靠著牆壁坐在地上，眼淚順著她手指滑落，「五年，五年了。我這樣躲躲藏藏已經過了五年，你無法想像晴走了以後，我過的是怎麼樣的日子。」

「我了解，你過的很辛苦。」

「你不懂，如果不是嚥不下這一口氣，我早就跟著李大哥和晴去了。我撐著這一口氣，只為了能夠看到那些壞人受到制裁。」

「那些壞人？」

「李大哥死後，鼎豐企業的高層對我們母女百般刁難。先是把我們趕出鼎豐大樓的辦公室，接著又奪走李大哥所有的遺產，房子、土地、股票、基金，所有我們能夠賴以度日的東西，都一點不留的奪走。只剩這間房子，是李大哥私下買給我的，是我們唯一剩下的東西。」

「雖然你和李松嶽沒有法律上的夫妻名分，但李晴的確是他親生女兒。如果你尋求法律管道，還是有機會拿回一些遺產的。」

「我試過了。我找過衛大哥，李大哥在世時和他最要好，他是最有可能幫助我們的人。但是，他說沒有遺產分配書，他也無能為力，除非我能打開李大哥辦公室裡的巨型保險箱，他就把裡面的東西都偷給我。」

「衛大哥？是衛方城嗎？」段仕鴻說。

「對。他之前是李大哥的得力助手，很得李大哥的信任，常常在辦公室逗晴玩。」

段仕鴻皺緊眉頭。衛方城曾經說過，他從來沒和這棟房子的前屋主接觸過。這是怎麼一回事？

「衛方城跟李晴……很熟嗎？」段仕鴻說。

「當然。他每次從國外出差回來，都會買紀念品給晴。有一次，他還買了一套十二生肖的玩偶，是國外限量珍藏版。每隻玩偶都有突出的下巴，晴非常喜歡，每天都抱著睡覺——」

「玩偶？」他眼睛猛然睜大，衝到置物室裡，埋頭翻找李山河留下的物品箱。

「你在幹什麼？」房依靜說。

「有了。」他舉起那隻老虎玩偶，湊到房依靜眼前，「是這隻嗎？」

「這是其中一隻。但怎麼會在你這？」

「不是我，這是李山河留下的東西。」

「李山河？他怎麼會……」

「謝英曾經說過，在李晴命案時，李山河收到一隻兔子玩偶，便猜到你們母女出事了。那麼這隻玩偶……」

「也是有人拿給他的？」房依靜一臉困惑。

「不只拿給他，看來是……兇手給李山河這隻玩偶，讓他聯想到李晴命案，於是他前往李晴出事的廢棄倉庫，卻不慎中了埋伏。」

「但是……但是……這隻玩偶早就該在這棟房子重新裝潢時就去棄了，怎麼會還在？」

「你一定不知道吧？這棟房子的房東，也就是衛方城，他還留著所有你和李晴的物品。」段仕鴻說。

種種跡象都顯示，衛方城有很大的問題。他對自己認識狐狸的事情說謊，他買下這棟房子卻留下所有物品，同時，他也是李晴和狐狸死後，鼎豐企業最大的受益人。他有非常強烈的動機對李晴和狐狸下手。

但是，那何小龍呢？何小龍已經被查出有充分的證據，證明他就是兇手。他有行車紀錄器、現場的指紋、還有家中發現的迷藥和筆電。這又該怎麼解釋？

段仕鴻忽然想起了李山河。李山河當初也是因為人在現場、留下指紋，而被陷害成為兇手。如果，這又是當年李山河事件的重演，如果，何小龍也是被陷害的呢？

何小龍拿槍指著他額頭的那一幕還歷歷在目，他還記得何小龍滿頭鮮血的倒在地上，彷彿還能聞到那濃厚的血腥味。他搖搖頭，試圖把這個畫面逐出腦海。不，不可能，如果何小龍是無辜的，幹嘛對他開槍？又幹嘛一路跟蹤他？

但是，那晚和何小龍的那一番打鬥，他覺得何小龍手腳既不靈活，力氣也不大，和丁志鵬命案當晚的兇手相比，似乎有所落差。

不行，必須查清楚真相。他要偷溜進三樓查探，只是，他沒有三樓的鑰匙，該怎麼進去？

「房依靜，」段仕鴻說：「你該不會……還留著這棟房子的鑰匙吧？」

「差一點就丟掉了。」

「差一點？什麼意思？」

「李山河過世之後，我覺得什麼都不重要了。就把李大哥買給我的項鍊和這棟房子的鑰匙都丟了，但這一幕被葉凡芯看到了。」

「她把東西撿起來還你？」

「這句話只說對一半。她把鑰匙撿起來還我，質問我是不是不做了，我只好說剛剛在恍神，默默把鑰匙收回。」

「那項鍊呢？」

房依靜聳聳肩，「當我再度看見時，已經大辣辣的掛在她脖子上了。」

「就是那條她常常戴的狐狸項鍊？」

「我丟掉一切，就是想忘記過去。哪知道她卻天天戴在身上，彷彿無時無刻提醒著我，我曾是狐狸，我失去了所有的親人。」

「我相信……她不是故意的，她不懂那條項鍊對你的意義。」

房依靜低下頭，「那條項鍊是李大哥入獄那天給我的，他說以後不能常伴我身邊，但絕不會讓我無依無靠，這條項鍊掛在我身上，就像他陪著我。」房依靜語氣哽咽，「我說不要項鍊，我只要他陪著，他卻笑著說，真是傻孩子，這條項鍊比我貴重多了。」

段仕鴻默默聽著，遞給房依靜幾張衛生紙。

「我哭著說怎麼可能，他卻還是笑著。真是大笨蛋，這種時候還笑得出來。他還說，你不信，去量量看就知道了。然後警察就來敲門，帶走了他。從此，我再也沒見過他。」

氣氛突然變得凝重，段仕鴻一時不知該說些什麼。

房依靜哭了一陣，突然笑出來，「看看我，都在說些什麼，你明明是要跟我借鑰匙的，卻被我扯遠了。你等一下。」她轉身下樓，隔一會兒，拿了一支鑰匙上來。段仕鴻伸手接過，她卻突然將手縮了回去。

「鑰匙可以給你。但是，你要答應我一個條件。」

「加薪？」段仕鴻眉毛挑高。

「才不是。我要你帶我一起去三樓。」

段仕鴻立刻搖頭，「不行，我又不是去玩。我是要偷偷闖進去，被抓到是會被關的。你懂嗎？」

「我懂。但是……你說以前所有的東西都被保留下來，我就是……就是想再看那些東西一眼，一眼就好。」

「唉……」段仕鴻嘆了一口氣，「但你要保證，進去之後，你要聽我的指揮。」

「我會的。」房依靜說。

鴻品診所在六點打烊，房依靜很快就收拾好診間，來到休息室，說：「要出發了嗎？」

「差不多了，今天禮拜三，我記得小安都七點半才到家。我們有大約一個小時的時間。」

段仕鴻和房依靜兩人迅速來到三樓。段仕鴻敲敲門，沒有人應答，他拿出鑰匙，插入門鎖，向右轉一下，門「喀搭」一聲打開，裡頭一片漆黑。

「跟我走。」他深吸一口氣，走了進去。他前陣子來過這裡，還記得家具擺放的位置。他小心翼翼地繞過中間的桌椅，摸著牆壁來到小安的房門前。

那天在儲藏室裡有個櫃子的欄位空著，現在想想，很可能本來放置的物品便藏在小安房內。他必需要知道那是什麼。

他正要伸手開門，突然間，客廳的電燈亮了。他大吃一驚，回過身來，卻看見房依靜站在門邊，手按著電燈開關，痴痴地凝視著客廳的家具。

「房依靜，關燈。」他使了個眼色。

「五年了，沒想到這裡都沒有變。」房依靜緩緩走向前，擁腫的手指滑過紅色沙發，她的目光落在角落的一株盆栽。紫色的蘭花綻放，散發出一股清香。

「除了這個，以前是種玫瑰花的。他知道我最喜歡玫瑰花。」房依靜面露微笑，沉浸在自己的世界。

段仕鴻搖搖頭，打開小安的房門。客廳的燈光透了進來，照亮這五坪左右的小空間。左手邊擺著雙人床，靠窗的地方有張書桌，右邊牆上則擺著一個白色衣櫃。

他迅速走進去，仔細搜索書桌，同時小心翼翼的保持東西維持原位。他可不想讓小安以為家裡遭小偷。他找尋一陣，又去翻找衣櫃，但裡頭除了滿滿的洋裝和名牌包包，沒有任何他想找的東西。

「你在找什麼？」房依靜走進房間。

「十二生肖的玩偶，你說衛方城送給李晴的那一套。」他一邊說，一邊墊起腳尖打開衣櫃最上層的櫃子。

「你怎麼確定在這個房間？」

「我不確定。但是，上次小安的反應讓我覺得應該會在這裡，只是可能收起來了。」段仕鴻將一排洋裝拉到一旁，衣櫃底部疊了好幾套內衣褲。他搖搖頭，又將洋裝歸回原位。

「我找找。」房依靜走到他身邊，跟他一樣，將一排洋裝拉到一側。

「我剛找過了。」段仕鴻皺了皺眉頭。

「不，這是特製的衣櫃，你沒找過這裡。」房依靜手握住掛衣架的橫桿，用力往下一扳，突然間橫桿下移，一個隱藏的抽屜從頂部降了下來。

「居然還有這招？」段仕鴻打開隱藏的抽屜，一排十二生肖的玩偶赫然映入眼簾。就跟李山河的老虎玩偶一樣，每一隻都有著突出的下巴。段仕鴻伸手數了數，鼠、牛、龍、蛇、馬、羊、猴、雞、狗、豬，總共十隻，唯獨少了虎和兔。

是他，衛方城！就是他放了玩偶在李山河家門。一次是李晴命案，一次是李山河命案，他絕對跟李晴和李山河的死脫不了關係。

「竟然是他！是衛大哥！」房依靜踉蹌的退後兩步，咬著牙說，「李大哥待他不薄，他為什麼可以這麼殘忍。」

「我們會讓他受到報應的。」段仕鴻說，正要拿出手機拍照，外頭卻響起一陣鑰匙撞擊的聲音。小安回來了。

「快，你躲進去。」段仕鴻指著衣櫃。他衝到客廳關了電燈，又奔回小安房間。

此時，客廳的燈亮了。

段仕鴻焦急得滿頭大汗，他必須立刻找一個地方躲起來。他驚惶的四下張望，要躲哪裡？躲哪裡好？衣櫃一定塞不下兩個人。他瞥見一件洋裝的裙角卡在衣櫃門縫，櫃門微微敞開，但來不及了。他聽見小安腳步聲漸漸靠近。

他才剛鑽入床底下，房間的燈就亮了。小安走了進來，發出「咦」的一聲。

他心頭也跟著跳了一下。是不是忘記收什麼？是哪裡露出了破綻？小安向前走幾步，彎下腰，撿起一支掉在地上的原子筆，然後在書桌前坐下。

段仕鴻剛鬆了一口氣，回過頭，卻赫然發現一隻老鼠玩偶遺落在床腳。他一邊偷瞄小安的動靜，一邊緩緩伸出左腳，想把玩偶勾進床底。

他的腳才剛碰到玩偶，小安卻突然站起身來。他連忙縮腳，一不小心撞到床柱，痛得他咬緊牙關，努力不發出聲音。

小安爬上床頭，段仕鴻看不見她的動靜。隔了一會，傳來小安唸佛經的聲音，他認得她念的是《心經》。她連續念三遍，然後緩緩的說：「願將此功德迴向給衛方城，消除他業障，並保佑他身體健康，平平安安。」

小安休息一會，又繼續念經，這一次她念的是《大悲咒》。她念完一次，又開口說：「願將此功德迴向給劉昊天，願他一路好走，無牽無掛。」

段仕鴻屏住呼吸，幾乎可以肯定自己的猜測。劉昊天就是那天開車撞傷葉凡芯的死者，小安特地為他念經禱告，這一點也不單純。

小安在床上「窸窸窣窣」的忙了一陣，然後她起身下床，來到房依靜躲藏的衣櫃前方。段仕鴻瞥了一眼便知情況緊急。小安身上只剩下內衣褲，很明顯她要準備去洗澡。

下一秒，小安雙手打開衣櫃門。門後，房依靜睜著一雙大眼瞧著她。

那一瞬間，空氣彷彿凝結了。然後下一刻，房中傳出震耳欲聾的尖叫聲。

「阿————」小安驚慌失措，連續退了好幾步，摔倒在床上。

「對不起，是我的錯。我……我……」房依靜蹲在衣櫃裡不敢動彈。

「你走開，你走開，不要靠近我。」小安拿起棉被擋在身前。

「好，我走，我走。」房依靜從衣櫃裡跳出來，轉身要踏出房門。

「等等……你是樓下鴻品的助理？」

「我……對，我……」

「你在這裡幹嘛？」小安語氣多了一層防備，「是段醫師叫你來的嗎？」

「不是，當然不是。怎麼會跟段醫師有關係呢？完全毫無關係。」房依靜不斷的搖頭，「我……我是來……那個……偷東西的。」

「你是來偷東西的？」不知為何，小安似乎鬆了一口氣。

「對，我……我就是來偷東西的。你也知道，當牙醫助理很辛苦的，薪水那麼少，一拿到錢就花完了。」

「你偷了什麼東西？這裡有些東西是不能拿走的。」小安說。

「我……」房依靜雙手一攤，說：「我什麼都來不及偷，你就回來啦。不信，你搜我身上試試。」

「不用了，你走吧。」小安手背向外揮了揮。

「你要放我走？你不會……不會報警吧？」

「趁我改變主意以前，你快離開我的視線。」

房依靜咳嗽兩聲，轉身快步離開。

房間裡再度陷入一片寂靜。小安打開衣櫃，擺了一套睡衣在床上，然後走出房間。

段仕鴻身體微縮，一手撐在地上。他知道逃跑的時機要來了。

浴室裡傳來「嘩啦嘩啦」的沖水聲，他迅速鑽出床底，悄悄打開房門，躡手躡腳地穿過客廳。

倏然，大門外再度傳來鑰匙撞擊的聲音，「喀」的一聲，有人打開了大門。

段仕鴻反應迅速，轉身奔回房間，像滑壘一般溜進床底，弄的他手腳都黏滿灰塵。他氣喘吁吁，努力咬住嘴唇，不讓自己發出呼吸聲。

房門再度打開，他不敢稍動，只能用眼角餘光偷瞄。他看見一雙長滿腿毛的粗壯小腿來到床前，那人翻身躺在床上，床身稍微下陷。

隔了一會，一陣清香撲鼻而來。小安走進房間，驚喜的叫了一聲「衛老闆」，便跳到床上，「你怎麼會來？」

「郁美今天下南部開會，她說時間太晚，明早才回來。」衛方城鼻子用力嗅幾下，「好香，好香。」

小安「咯咯」笑了幾聲，然後一件浴巾被丟到地上。段仕鴻閉起眼睛，皺緊眉頭，他知道接下來會聽到什麼。

越來越劇烈的喘息聲，伴隨著小安一聲呻吟。段仕鴻感覺自己臉色發燙，他摸摸自己的臉頰，試圖讓自己冷靜下來。

等等，這也許是他開溜的大好機會。想到這裡，他靜下心來，側耳傾聽，床上又是一陣騷動。

就在此時，門外傳來「叮咚——」一聲，劃破這火熱的氣氛。

「是誰？」衛方城口氣透出不耐煩，他站起身來，穿好衣服。

「不知道，會不會是——」小安倒吸一口氣。

「郁美今天不會回來，我確定。」衛方城走出房間。

過了一會，外頭傳來一個女人虛弱的嗓音：「衛老闆，你好，好久不見。」

段仕鴻心頭一震。是葉凡芯，她怎麼會在這裡？或者是說，她怎麼敢來這裡，來拜訪一個試圖殺死她的男人？

「你是……葉小姐？那個鴻品的助理。好久不見。」衛方城說。

「抱歉這麼晚打擾你。實在是沒有辦法，我才來找你。」葉凡芯說。

「你還好嗎？你看起來臉色蒼白，還拄著拐杖。要不進來休息一下？」

「不，不用了。我明天一早就要搭七點的火車，回南部的老家，再也不回來了。」

「再也不回來了？」衛方城說！「嗯，你走得真趕呢！我今天才看到新聞，說你剛甦醒，只能張眼跟對答而已。」

「那是我拜託院方對外宣布的。畢竟，我不想再被媒體圍繞著命案不放。經過這些事，我只想要回南部的老家，好好休養。」

「嗯，那是最好。」衛方城說。不知道為什麼，段仕鴻總覺得他意有所指。

「所以，我想拜託你一件事。本來我想要自己交給段醫師的，所以繞路過來，但他今天沒夜診，我也等不了了。剛好看到三樓的燈還亮著……」葉凡芯頓了一下，說：「這條狐狸項鍊，麻煩你幫我轉交給他。」

「好，我會說是你要還他的。」衛方城說。

「不，你就說，這是屬於鴻品的東西，我歸還到他手中。欠鴻品的那些錢，我也會慢慢還的。」

「屬於鴻品的東西。好，我記得了。」

「那就這樣，謝謝你囉。我先走了。」

「一路小心。」

門關上了。段仕鴻搖搖頭，那是屬於狐狸的物品，如今落入衛方城的手中，不知衛方城是否會如約交給他？

「小安。」衛方城腳步雀躍的走進房間，「我要趕回鼎豐大樓一趟。」

「這麼晚了，你要回去加班？」

「不。你知道剛剛那人嗎？她交給我——」

「我知道她。」小安說：「你不會再傷害她吧？」

「我要說幾次你才相信？」衛方城從鼻孔噴出一口氣。

「你之前——」

「那不是我做的。那是酒鬼劉昊天開車撞她，跟我有什麼關係？」

「我知道是你。」小安嗓音越來越尖銳，「幾天前我才剛跟你感嘆過，病患劉昊天罹患肝癌末期，但他還有妻小要養。怎麼幾天後，他就自己開車去撞人了。這怎麼可能是巧合？怎麼可能？」

小安停頓片刻，柔聲說：「衛老闆，你聽我說，傷害別人是不對的。我們——」

「閉嘴。」衛方城大吼：「你這小娘兒懂什麼？商場如戰場，也許你一個婦人之仁，就會害得我被抓去關。這就是你要的嗎？」

「對不起，對不起。」小安哽咽的說。

「我要是被抓去關，你也不會有什麼好下場。告訴你，我入獄的那一天，你人生也跟著毀了，郁美第一個來找你麻煩。」

段仕鴻聽見「我入獄的那一天」，腦中突然靈光一閃。李山河認為日子的意義是自己定義的，那麼李松嶽入獄那一天，對他而言，豈不也是生命中重要的一個轉折點？而這一天，會不會就是他的手機密碼？

他太專注在思考這件事情了，當他回過神來，只聽見小安哭成淚人兒，不斷的道歉。

衛方城似乎也心軟，口氣緩和下來，說：「小安，你也知道，劉昊天是肝癌末期，他後半輩子都無法照顧他的妻女，我給他一筆錢，是在幫他們。」

「你說的對。可是，那葉凡芯呢？」小安說。

「總而言之，她又沒死。她剛剛不是還活跳跳的站在我面前嗎？」

「可是，你……你為什麼要殺她？」

「我沒殺她，我是在幫她。你也知道，在那件事情以前，葉凡芯就要被依殺人罪嫌起訴。如果不是因為躺在醫院，為她做了不在場證明，她現在大概在牢裡享受她的下輩子吧。」

「是……是這樣子……嗎？」小安抽抽噎噎的說。

「當然是。只怪劉昊天做事太莽撞，竟然不會拿捏輕重，把葉凡芯撞成重傷。唉……真是白費我的一番苦心。」

「衛老闆，對不起，是我誤會你了。」

「那還用說，罰你現在跟我回鼎豐大樓。」衛方城似乎捏了小安一把，小安發出軟軟的「嗯」一聲。

「因為那條項鍊嗎？」小安說。

「沒錯，我認得這條項鍊，這是李大哥最後送給狐狸的禮物。」衛方城呵呵大笑，說：「我相信，那保險箱的密碼，一定跟這項鍊有關係。」

他們兩人打理一番，離開了房間。段仕鴻看著整間房子燈都熄滅，又多等待了五分鐘，這才逃出門。

經過一整夜的折磨，他筋疲力盡，拖著沉重的步伐，走回鴻品二樓休息室。令他驚訝的是，休息室還亮著一盞燈。

「段醫師，你沒事嗎？」房依靜從休息室裡跑了出來，雙目紅腫，臉頰上還有淚痕。

「沒事，你……怎麼還不回家？」段仕鴻有氣無力的說。

「我自己逃走，很過意不去。」

「你走是對的，有什麼好過意不去。」

「我……我到現在還是不敢相信，下手的居然是衛大哥。居然是他。」房依靜手握拳頭，指甲深陷入掌心。

「不只妳女兒，他殺了丁志鵬，還想殺葉凡芯。要不是你失蹤，他也會對你下手。」段仕鴻說：「他對我說過，如果有李晴媽媽的消息，請第一時間跟他聯絡。」

「這人渣、爛人、王八蛋、喪心病狂的死雜種，怎麼不去死一死，一定要讓他受到報應。」房依靜破口大罵，接下來又是一串源源不絕的三字經。

「他會受到報應的。」段仕鴻走進休息室，從抽屜拿出李山河的手機。

「那是什麼？」房依靜說。

「房依靜，你說你的忌日是哪一天？」段仕鴻話剛出口，連忙用手遮住自己的嘴巴，「不，我太累了，我不是……」

房依靜卻只是笑了笑，「李大哥入獄那天，六月二十五。」

段仕鴻打開手機螢幕，輸入「0625」。

手機解鎖了。

段仕鴻手指滑過螢幕，李山河的手機比他想像中還要空蕩蕩。背景圖案是單純的黑色，畫面上只有三個APP。

一是safari，一是相機，最後一個是聯絡人。

沒有錄音檔，段仕鴻有些失望。以李山河這種名聞遐邇的駭客而言，他的手機版面簡直陽春到不行，而又或許是，他厭倦了複雜的數位世界，只想留下最簡單的東西在身邊。

段仕鴻先點開safari。他相信網路對駭客而言是最珍貴的資源，然而瀏覽紀錄比他預期的還空洞，李山河不玩社群軟體，甚至連臉書帳號都沒有。他最常去的兩個網站，一個叫做「駭客基地」，另一個是色情網站。

段仕鴻轉而打開相機，然後點選相簿，期待這裡會拍到兇手的相關畫面。但出乎他意料的，裡頭只有三張相片。

第一張是謝英。她身穿警察制服，頭戴警帽，臉別向一邊，雙手插腰，似乎正在值勤。她身後站著一人，身材矮小，帶著一頂鴨舌帽，一臉傻氣，是趙明謙。照片最前方還拍到幾片樹葉，看樣子是從草叢後方偷拍的。

「我知道她，李山河女友，正義感過剩的警察。」房依靜把臉湊上來。

段仕鴻微微一笑，不予置評。手指滑到下一張照片，是李松嶽、房依靜、和李晴三人的合照。當時的房依靜身材姣好，容光照人，李晴頭上綁了一支沖天炮，兩人分別坐在李松嶽兩隻腳上，李松嶽靠近李晴的那隻手高舉握拳。

「我記得那一天，他叫我和晴坐在他大腿上，比比看誰比較重。李山河也在場，原來他拍了照片。」房依靜說。

「看樣子李晴贏了。」

「我們一坐上去，他就煞有其事的說：『嗯……狐狸選手重達四十八點二四公斤，李晴選手重達四十八點二二公斤，那麼冠軍出爐了——』我說：『放屁啦，最好是。』他就接著說：『嗯，狐狸剛剛放屁，瞬間少了零點零三公斤，所以李晴選手勝出。』」

段仕鴻看著房依靜沉醉回憶的表情，心裡無限感嘆，如果沒有發生過這些命案，他們一定會是幸福的一家人。

他手指再度滑過螢幕，下一張卻是一張小男孩和父母親的合照。小男孩咧嘴大笑，他的父親從背後緊緊抱著他，母親則親吻著他小巧的臉頰。照片一角有些反光，看樣子是翻拍的。

段仕鴻用手輕敲額頭，總覺得這張照片似曾相識，但是偏偏一時想不起來。

「這些人是誰？」房依靜說。

他聳聳肩，「不知道。」手指往左滑過螢幕，沒有下一張了。

段仕鴻最後點開聯絡人。聯絡清單很簡短，連一頁都不到，只有四個名字——謝英、鴻品牙醫診所、上品鑲牙所，還有……大興水電工。

大興水電工，那是誰？居然有這個榮幸能收錄在李山河的名單裡。段仕鴻毫不遲疑的按下通話鍵，電話響了好一陣子，終於有人接聽。

「喂，少年仔，七晚八晚的打來要衝啥啦？」那人粗聲粗氣的說，背景聲音紛亂吵雜，似乎有人在吆喝划酒拳。

「阿，拍謝。我是想問你……那個……這個……」段仕鴻故意拉長字句，畢竟連他自己都不知道要問什麼。

「什麼那個這個，我才要問你，你跑去哪裡阿？整整幾個月都不見人影，翹班這樣翹的喔？」

「大哥，拍謝啦。我……我最近比較忙。」段仕鴻說。

「什麼最近比較忙，這什麼爛藉口。說到這個，我還沒跟你算帳，你上次在搞什麼鬼？」

「什麼？我什麼在搞什麼鬼？」

「你自願說你要去修電燈，保證說你一定行。阿然後勒？你去了，有給人家修好嗎？」

「阿？沒有嗎？」

「當然沒有阿。靠北，人家鼎豐集團還打來幹譙我，說收了錢，事情都沒做好，害我還要親自跑一趟，連錢都不敢收，整組退還給人家。」

段仕鴻聽見「鼎豐集團」四個字，腦中靈光一閃。他明白了，他猜到李山河去哪裡修電燈，又是去哪裡翻拍那張照片，最重要的，他知道為什麼李山河要這麼做。

「修電燈？你說的是鼎豐大樓頂樓辦公室的電燈嗎？」他太過興奮，聲音微微顫抖。

「廢話，阿不然你這個菜鳥是還修過別的電燈喔？」

「大哥，謝謝。」段仕鴻迅速掛上電話。

他放下手機，嘴角微微上揚。這麼一來就什麼都說得通了。

李山河為什麼盜走鴻品的檔案，他調查的目標不是鴻品，不是針對葉凡芯，而是房東衛方城。他早就懷疑衛方城不單純，決定放竊聽器在衛方城的辦公室。他曾是鼎豐集團的員工，偷得最新的小巧竊聽器對他而言不是難事。然後他將竊聽器放入牙齒內，以通過鼎豐大樓的安檢，再透過水電工這個工作，藉機進入衛方城的辦公室，放置竊聽器。

目前最大的疑問是，竊聽器究竟錄到什麼？

李山河的筆電已經被清空，如今看起來，唯一還有可能找到錄音檔的地方，就在衛方城辦公室，存在那個牙齒竊聽器裡。

雖然在衛方城收到威脅信之後，竊聽器可能早就被搜出來了。但這是唯一僅存的線索。衛方城做事太狡猾，包裝得太好，目前除了猜測和理論，沒有衛方城任何的把柄。

也就是說，這是他唯一的選擇——在沒有證據支持的狀況下，闖進一個像監獄一般的大樓，在最頂層的辦公室裡，找尋幾釐米的證據。

很傻。但是，這是他最後的希望了。

然而，這件事情也非常危險。衛方城為了這個錄音檔，不惜殺人滅口，一旦他被抓到，天曉得會發生什麼事？

他閉上雙眼，腦中響起對葉凡芯說過的承諾：「我會為你找出兇手，為了所有被這件事牽連的人。」他必需要說到做到，不能再讓兇手逍遙法外，否則只會有更多的人受傷，就像當年李山河背黑鍋一樣。這一次，必須讓真正的兇手受到制裁。

「段醫師，」房依靜的手在他眼前上下揮動，「你說，我們該報警嗎？告訴警察衛方城才是真正的兇手，那些玩偶就是證據。」

「不，不行，那些玩偶不足以當作證據。衛方城大可表示自己剛好沒買那兩隻動物，這樣做反而會打草驚蛇。」他抬起頭，雙眼凝視著房依靜，「我們要找的，是更關鍵的證據，就在衛方城的鼎豐大樓辦公室裡。」

「那我們是要報警，請警察去搜嗎？」

「不行，沒有搜索令，警察什麼事都不會做。」

「那……那我們該怎麼辦？難道就讓衛方城那賤人逍遙法外？」房依靜急得快哭出來。

「我會想辦法。現在，房依靜，我要你做一件事。」

「什麼事？」房依靜咬牙切齒的說：「只要能讓衛方城受到制裁，上刀山，下油鍋，那怕要了我這條小命，我什麼都願意。」

「我要你現在回家，好好睡覺。」

「不行。衛方城沒被抓以前，我沒一天能睡得好覺。」

「我現在最不需要的，就是衝動行事。衛方城太聰明，我必需要想出一個萬全計畫，才能對付他。」

「我可以當誘餌。段醫師，你說過衛方城想要我的小命，你告訴他誰是狐狸，他會來殺我，你就能抓到他。」

「不行。」段仕鴻斷然拒絕，「我絕對不會拿你的命當誘餌。」

「段醫師，我這條命真的……一點都不值錢。真的。」房依靜哀求。

「回家吧，房依靜。」段仕鴻說：「你也休想自己去告訴他。如果你這麼做，我不會再幫你任何忙，李晴的冤情也不會被洗刷。這樣懂嗎？」

「我懂了。」房依靜神色黯然，離開前回過頭，「段醫師，謝謝你。」

「去吧。等事情結束再謝我不遲。」

段仕鴻雙手杵在桌上，捧著額頭。他需要想出一個辦法，到達鼎豐大樓辦公室，支開衛方城，找到竊聽器，然後還需要將竊聽器帶出去。

不知過多久，他抬起頭來，眼神裡閃耀著光澤。他沒辦法做到這件事，至少，他沒辦法「一個人」做到這件事。

幸好，他不是一個人。

第十三章　計中計

天邊點綴幾片灰色雲朵，陽光在雲層後微微透出。忽明忽暗，似晴似雨，恰似今天段仕鴻的心情。

他站在鼎豐大樓的下方，抬頭仰望，這座他即將闖入的監獄。他步伐沉重，神情肅然。

「害怕嗎？」柯毅豪站在他身邊，扛著一個黑色背包，目光盯視著鼎豐大樓。

「怕，我怕得要死。」段仕鴻老實說。

「我也怕死，現在轉身逃跑還來得及。」

段仕鴻低頭瞥了一眼手錶，三點半，他必需要出發了。他和衛方城預約四點有個會面。

「我該走了，記得四點二十。」他邁開大步，迎向未知的挑戰。

他走進寬敞挑高的大廳，接待人員從一旁迎上來，說：「歡迎光臨，請問需要幫忙嗎？」

「我和衛方城有約，下午四點。」他遞上名片。

接待人員確認後，帶領他進入一旁的側廳，經過像之前一樣的安檢門。他什麼隨身物品都沒有攜帶，不需要寄物，直接走進透明箱子。

一陣簡短的鈴聲過後，箱門緩緩闔上。箱頂的紅燈亮起，一道橫向的紅色光束由下而上緩緩移動，掃到他的臉頰時，發出「逼——」的聲響。

技術人員向他走來，段仕鴻早有準備，張大嘴巴讓他確認口內的假牙。技術人員點點頭，他通過了安檢。

他記得上次來的路線，很快就搭上電梯。七十八層的高度像一輩子那麼漫長。他大口深呼吸、緩緩吐氣，感覺自己手指微微顫抖，額頭上冒出滴滴汗水。他突然很希望電梯永遠不要停下來。

「叮——」一聲，七十八層樓到了。電梯門打開，他鼓起勇氣走出去。

那位女秘書一如既往坐在書桌前，一手拿著電話對答，一手快速點擊滑鼠。

段仕鴻環視周遭，很快在沙發區角落發現咖啡機的蹤影。他走過去，為自己沖泡一杯黑咖啡，端在手上。

「段先生嗎？」女秘書講完電話，抬起頭呼喚他的名字。

「對，我預約四點。」

「你可能要稍等一下。衛老闆三點四十的會面還沒結束。」

段仕鴻心中一凜，看了一眼手錶。三點五十四分，再過一分鐘，范琬如會去敲小安家的門，他只希望在那之前，上一個會面已經結束。

同一時間，范琬如站在小安家門前。她的胃焦慮的翻攪，手汗浸濕了雙手手掌。她深吸一口氣，然後按下門鈴。

「叮咚——」聲響，范琬如在原地小跑步，皺緊眉頭，試圖讓自己看起來很緊張。

隔了幾秒，門打開了。小安從門後探出頭來。

「請問你是？」

「我是樓下新來的助理。是那個胖助理叫我來的，她說她欠你一個人情，叫我一定要來警告你。」范琬如說。

「警告我什麼？」小安頭歪向一邊。

「剛剛樓下來了一個中年婦人，她說她叫郁美還是什麼的——」

「楊郁美？」小安馬上接口。

「對，就是楊郁美。她說她是什麼衛老闆的老婆，身後跟著三個保鑣，大聲嚷嚷說要來三樓抓人。」

小安臉上變色，抓住門的手微微發抖，「她……她在樓下嗎？」

「她在樓下，一直想衝上來。那胖助理拖住她，叫我趕快來跟你通風報信。」

「她已經在樓下。我……我該怎麼辦？我……我……我要走也走不了。」小安焦急的來回踱步。

「我不知道。還是你……聯絡一下那什麼衛老闆，叫他趕快來把她老婆帶走。」

「對，就這麼辦。」小安迅速拿起手機，撥出電話號碼。

※

鼎豐大樓裡，段仕鴻坐在沙發區，手上拿著一本雜誌假裝翻閱，眼神三不五時飄向手錶。四點零一分，衛方城上一個會議已經延遲了。

辦公室的大門終於敞開，衛方城和一個業務員從裡頭走出來，兩人有說有笑，握手告別。

他注意到衛方城眉宇間似乎有些不悅。看來范琬如成功了，小安打了那通電話。

一旁的女秘書迎上來，衛方城在她耳邊交代幾句話，女秘書面露驚訝之色，舉起手上的平板電腦，向段仕鴻方向指了指。衛方城卻只是搖搖頭，迅速離去。

女秘書臉上掛著尷尬的微笑，走了過來，說：「衛老闆說他臨時有事，這個會面可能要延遲。或者如果你趕時間，可以先取消，我保證幫你安排下次最快的時間。」

「是什麼事呢？」段仕鴻手摸著下巴。
「衛老闆說是私事，我也不太清楚。」
「這樣吧，我在這裡等他回來，反正我也不趕時間，」段仕鴻舉起那杯黑咖啡，向女秘書笑了笑，
「而且這裡的咖啡很好喝。」話剛說完，他突然右手一滑，咖啡向外灑出，潑到女秘書身上。她深紅色的洋裝瞬間沾滿黑點，手上、腳上全都濕了。
「什麼鬼，你……你這白……」女秘書驚聲尖叫，驚恐地看著自己的洋裝。
「對不起，對不起。」段仕鴻面露歉意，衝到書桌前抽了幾張衛生紙。
「走開，你這人真是的。」女秘書狠狠瞪了他一眼，踩著憤怒的步伐，轉身離去。
段仕鴻望著她的背影消失在走廊底端，心底燃起一股歉意。對不起，這真的是沒有辦法中的辦法。
他迅速丟掉手上咖啡杯，拉開辦公室的大門，閃身進去。
眼前一張兩公尺長的紅木書桌，天花板掛著一盞巨大的水晶吊燈，左右兩側都擺著大櫃子。他看了一眼手錶，四點零八分，他還有十二分鐘的時間，要在這偌大的辦公室裡搜出竊聽器。
他左右張望，找尋最有可能藏著竊聽器的地方。他跑向右側的玻璃櫃，這裡頭擺著許多花瓶或瓷甕的骨董展示品，他將物品一一拿出來查看，連續翻找了整整三排，什麼都沒發現，還差點打破了一個鵝黃色瓷瓶。
不，不在這裡。時間已經過了五分鐘，他神色焦急，一滴滴汗從他額頭上滑落。
他走向紅木書桌，那張李山河翻拍的照片就擺在桌上一角。他將相框拿起來反覆查看，但依然什麼都沒找到。
他雙手並用，拉開書桌兩側的抽屜。抽屜裡放滿了雜七雜八的文具和公文，他將東西一一翻過，但

還是沒有，沒有任何竊聽器的蹤跡。

他焦慮的搓揉著雙手，不自覺的瞥了手錶一眼，時間又過兩分半。他所剩的時間不多，他必需要冷靜，靜下來，好好想一想，如果他是李山河，他會把竊聽器放在哪裡？

他絕不會放在書桌的抽屜裡，因為太容易被發現，他會放在……角落。段仕鴻目光飄向四周，然後衝向角落的矮櫃，打開翻找。沒有，還是沒有，到底竊聽器會在哪裡？

※

柯毅豪坐在鼎豐大樓大廳的木椅上，雙手攤開報紙，透過報紙上方的縫隙向外偷瞄。四點十五分，距離段仕鴻預估的安全時間只剩下五分鐘。

他十幾分鐘前看見衛方城匆匆離去，身後還帶著兩個凶神惡煞的保鑣。一台藍色保時捷就停在大門前，已經發好車等待衛方城，一旁的警衛替他開門、關門，一氣呵成，然後保時捷就「咻——」的一聲飛馳而去。

柯毅豪不禁暗暗擔心，以這個速度，衛方城可能比想像中回來的還快。就在他提心吊膽之際，藍色保時捷在大門前停下來。

衛方城回來了。

現在才四點十八分，出了什麼事？

柯毅豪手忙腳亂的收起報紙，看見衛方城從車子裡走了出來。他的神情木然，動作不疾不徐，身後跟著一個保鑣。柯毅豪一時摸不清他的情緒。

「衛老闆，請問是衛老闆嗎？」柯毅豪擠出笑臉，迎向走進大門的衛方城，他身後的保鑣伸手攔住柯毅豪。

「衛老闆，我在這裡等很久了。我是禾欣光企業開發部門的員工。」柯毅豪低頭繞過保鑣的手，擠到衛方城身邊，「有個產品想讓你看看。」

「禾欣光？」衛方城轉過頭，腳步卻絲毫沒停下，「我們有在合作，你直接聯絡研發部門就可以了。」

「對，只是我上次聯絡，排程有些排得太久，要到五個月以後。你知道，我們這個——」

「恐怕沒有辦法。我們有自己的行程表。」衛方城搖搖頭，轉身向左，走進一條長長的走廊，走廊盡頭是他的專屬電梯。

柯毅豪心中暗叫不妙，他知道衛方城一旦搭上那電梯，到達辦公室只要幾秒鐘的時間。

「衛老闆，你聽我說。」柯毅豪衝到衛方城面前，擋住他的去路，「你真的要看一下這產品，這真的值得你花五分鐘的時間。」

他迅速解下背包，從裡頭拿出一個黑色盒子，盒子裡裝著一個白色小插座，和一個長條的三孔插孔。

那保鑣向前一站，勾住柯毅豪的手臂，把他向外拉走。

「這是無線延長線。現代人困擾就是延長線太多、電線太長，這個最新發明——」柯毅豪甩脫那保鑣的手，將黑色盒子湊到衛方城眼皮底下。

那保鑣「哼」了一聲，緊緊扣住柯毅豪的手臂，又將他往外拉。

「等等。」衛方城右手一揮，那保鑣瞬間停下動作，「這產品真的很實用，我倒是沒有在禾欣光的研發清單裡看過。」

「這是當然。這是最新發明，是我們這一季的祕密研發商品。怎麼樣？衛老闆，有沒有興趣一談？」柯毅豪笑了笑，眼角餘光瞥向手錶，四點二十分。他成功拖延到段仕鴻的目標時間。

「你跟我來。」衛方城命令，柯毅豪連忙跟在他身後。

他們穿過長廊，走到專屬電梯前。電梯兩側的警衛拿出感應器，在柯毅豪身上掃描，然後向衛方城點點頭。

電梯門打開，衛方城率先跨步進去，那保鑣和柯毅豪跟在跟其後。保鑣拿出身上的識別證，「逼——」一下感應器，七十八層樓的燈號亮了。

而此時，段仕鴻還在辦公室裡。汗水從他額頭涔涔流下，他已經將地毯翻了一遍，仍是毫無所獲。四點二十分。他該出去了，但是……這是他唯一一次的機會，他不可能再支開衛方城第二次。

他還不想放棄。再一分鐘，再一分鐘就好。

他低頭瞧著眼前這張紅木書桌。雖然他早就裡裡外外翻過一遍，他的直覺告訴他，這書桌裡頭有機關。

他鑽入書桌底下，手背在書桌底部敲打，「砰砰砰」全都是實心木的聲音。他有些灰心，正要收手，突然聽見「咚」的一聲。

這裡是空心的。他感覺心臟興奮地都快要跳出來，他用手掌壓了幾下，木頭紋風不動，但他手指尖滑過的地方，能查覺到有個正方形的縫隙。

機關開關在哪裡？在哪裡？他咬緊牙齒，左右觀察著書桌底部。桌底橫著一條圓柱形踏板，讓他想起小安家的衣櫃。他手握住踏板，用力往下一壓，「喀喀」兩聲，書桌底部降下一個正方形方格，裡頭裝著一顆鑲著假牙的大臼齒。

他面露笑容，伸手取出。他終於找到了李山河的竊聽器。

就在此時，他耳邊響起一陣「啪啪啪」的掌聲。

「厲害，厲害。我找了半天，都找不到這個竊聽器。段醫師，你真是幫了我一個大忙。」

段仕鴻將竊聽器往口袋一塞，緩緩站起身來。

衛方城站在他身前不到一步的距離，臉上毫無表情。兩人互相盯視著雙眼，僵持了好幾秒，衛方城嘴角突然上揚。

「段醫師，來，這裡請坐。」衛方城坐在辦公桌後方，指著桌前的客椅。

段仕鴻四下打量，辦公室大門緊閉，門前還站著一個保鑣，滿臉橫肉，雙手交叉胸前，目光如鷹監視著他的一舉一動。

他別無選擇，只得坐下，盡可能裝作泰然自若。

「段醫師，你可知這竊聽器我找了多久，你算是幫了我一個大忙。」衛方城乾笑幾聲，笑聲裡殊無笑意。

「這是我一點心意。你看看，合不合意。」衛方城向後方的保鑣點點頭，保鑣走上來，在書桌上放了一個鼓起來的牛皮紙袋。

段仕鴻目光一轉，便知道那裡面是什麼。他臉上不為所動，內心暗自盤算，如果他假意和衛方城達成交易，也許是個離開的好機會。

「五十。」衛方城右手手指張開，比了「五」的手勢，「如何？」

段仕鴻心中一凜，金額比他想像中的還龐大，不是不夠，是太多。如果衛方城這麼做，代表他根本沒有要放自己離去。

衛方城點點頭，保鑣又再疊上一包一樣厚的牛皮紙袋。一百萬。

「怎麼樣？賣不賣？」衛方城露出得意的表情。

段仕鴻眨眨眼，從衛方城臉上看見貓抓老鼠的快感。他不只要自己死，更要先好好戲弄一番。

那壯碩的保鑣就站在右手邊，左手若有似無的壓在段仕鴻肩上，高大強健的身軀更給人一種壓迫感。他靠得太近了，段仕鴻眼角還能瞥見他腰間的那一把黑色手槍。

「怎麼樣，段醫師。我知道這對你而言是小case，但還是不無小補吧？」衛方城身體向後躺，陷入鬆軟的椅子裡。

段仕鴻冷笑一聲，「你為了這個竊聽器不惜殺人滅口，先殺李山河、再殺丁志鵬、最後試圖殺死葉凡芯。我想……這竊聽器，應該不只一百萬吧。」

「真不愧是段醫師，精打細算。只可惜你說的那些事情，都不是我做的。」

「是不是你親自動手，根本不重要。重要的是，你就是背後主謀。」

「說到這個，我不禁有些佩服你。」衛方城撫摸著下巴，「就憑幾隻玩偶，也能猜到我身上，真是不簡單。」

段仕鴻聽見「玩偶」兩字，心跳了一下，臉上微微變色。衛方城是怎麼知道玩偶的事？

衛方城欣賞著他驚惶的表情，顯得甚為滿意，「我那晚在小安房間，看見地上掉落一隻老鼠玩偶，我就在想，一定發生了什麼事情。偏偏小安又裝做一點事情都沒有，所以隔天我就去調小安房間的監視器。」

段仕鴻眼角抽動，抿著嘴唇。他知道了，他知道誰是狐狸。

「你知道，看到有一個男人藏在床底下偷聽，實在是一件興奮的事。真好奇你那時在下面做些什麼？」衛方城咧嘴大笑，那保鑣也跟著笑了起來。

段仕鴻卻一點都笑不出來，汗水濕透他的手掌心。所以，這一切都是個陷阱。衛方城從一開始就知道，他的拜訪是別有用心，於是將計就計，假裝受騙離開，好利用他來找到竊聽器。

從頭到尾，這一切都是個陷阱。

他以為自己設好了局，沒想到被設計的反是自己。而這一切，都敗給一個他從沒預料到的監視器。

「你在小安房間也裝監視器，真是喪心病狂。」段仕鴻說。

「他是我的女人，我愛怎樣就怎樣，監視她是我的權利。」衛方城身體前傾，壓低聲音，「而且，要不是這樣，我怎麼有辦法發現那隻變得又胖又醜的老狐狸？」

「你……你別想打狐狸的主意。」段仕鴻大聲說。

「打主意嘛，我是還沒這麼大的胃口。不過既然你問起她，我就讓你見見她。」衛方城一揮手，那保鑣走到書櫃前，扳動牆上的開關，只聽見「喀搭」一聲，書櫃沿著牆面緩緩向一旁移動，後方露出一個小房間。

房間約莫三坪大小，最底面的牆上鑲嵌著一個巨大的保險箱。箱門正中央刻印著「鼎豐集團」的商標，商標外圍有四個同心圓，像齒輪一般環環相扣。

兩側牆壁向內凹陷，形成一排排的置物櫃。櫃上擺放著各種骨董展示品，有地球儀、星象儀、天平和砝碼、黑膠唱片、還有各式各樣的模型展示。

牆角窩著一個人，披頭散髮，全身傷痕，衣服沾滿血漬髒污，雙眼緊緊閉著，看不出是死是活。

「房依靜——」段仕鴻衝進房間，用力搖晃她的肩膀，「房依靜，你沒事吧？」

房依靜虛弱的睜開眼睛，看見段仕鴻的臉龐，面露詫異，「段……段醫師，你怎麼……也被抓來了？」

「我……」段仕鴻低頭看見她右手臂上的傷口還在滲血，說：「你受傷了，我帶你出去。」

「我是不成了……段醫師，你就讓我死在這裡。這裡是李大哥最愛的收藏室，我在這裡，感覺有他陪著，什麼都不怕了。」房依靜微微一笑，牽動嘴角的傷口，滲出血來。

「衛方城，你到底想怎樣？」段仕鴻轉過身，狠狠瞪著他。

衛方城卻只是聳聳肩，「沒怎樣。我只是請她幫我解開那保險箱的密碼，她不願配合，寧願自討苦吃。」

房依靜發出一陣尖銳的怪笑，咬牙切齒的說：「我寧願死了，也絕對不會幫你這人渣如願以償。」

「我說過了，只要你不解開密碼，每隔一個小時，就在你身上劃一刀，一次比一次更深。現在，一個小時又到了。」衛方城使一個眼色，那保鑣從鞋子裡抽出一把亮晃晃的短刀，一步步逼近。

房依靜眼裡閃過一絲恐懼，嘴上卻仍是惡狠狠的咒罵：「你這賤人，王八蛋，良心被狗啃的人渣，我操你她媽的詛咒你祖宗十八代。」

那保鑣走上幾步，段仕鴻擋在他身前，大聲說：「住手！衛方城你瘋了嗎？」

眼見那保鑣無視於他，段仕鴻左手抓住保鑣拿刀的手腕，右手一伸，想將刀奪過。保鑣反抓住他的右手，兩人力道比拚，一時僵持不下。

衛方城不急不徐走過來，拿走保鑣手上的短刀，往房依靜走過去。

「住手！」段仕鴻焦急的大喊，但保鑣的手指卻像手銬一般，緊緊拴住他。他頭頂奮力一撞，敲在那保鑣額頭上，那保鑣大叫一聲，退後兩步。

他迅速轉過身，看見衛方城手上的刀子已經駕在房依靜脖子上，刀緣緊緊貼住她的肌膚，形成微微凹陷。

「你後退。」衛方城大聲說。

段仕鴻舉起雙手，退後兩步，感覺一個手槍靠住他的後腦勺。

衛方城點點頭，鬆開房依靜，舉刀便要去割她手上還在流血的傷口。

「住手！住手！」段仕鴻大叫，「你傷害她也沒用，她根本不知道密碼。」

衛方城手指在空中僵住，看了段仕鴻一眼，「她不知道密碼？」他低下頭，抓住房依靜的頭髮，粗暴的向後扯，將她的下巴往上抬，「這是真的嗎？」

「住手吧。你傷害她也得不到你想要的。」段仕鴻說。

「她不知道密碼，哈哈，她也不知道密碼。」衛方城大笑一陣，突然將短刀駕在房依靜脖子上，「那留你何用？你還活著幹嘛？」

「別傷害她。我……我可以解開密碼。」段仕鴻說。

「你可以？」衛方城嘴角一撇，「那告訴我，密碼是多少？」

「我……我要想想。」段仕鴻走向前幾步，在房間內左右張望。李松嶽會將這些收藏擺在這裡，一定是有理由的，這些東西裡一定有密碼的線索。

「給你十分鐘。十分鐘後保險箱沒打開，你們就一起死在這裡。」衛方城站起身來，「別怪我沒提醒你，這款保險箱若輸入三次錯誤，會永遠鎖起來，再也無法打開。」

段仕鴻突然想起一件事，「那條項鍊呢？」

衛方城頓了一下，從外套口袋掏出那條狐狸項鍊，交在段仕鴻手中，「沒用，我試過了。保險箱要的不是物品，是四個數字。」

四個數字？段仕鴻仔細端詳那保險箱，四個同心圓各分成十等分，代表著從〇到九。衛方城說的沒錯，它要的是四個數字。

「現在，計時開始。」衛方城宣布，走出房間。

段仕鴻凝視著著保險箱，苦苦思索。突然想起李山河的手機，他深吸一口氣，將同心圓上的數字依序轉成「〇六二五」。保險箱「卡」的一聲輕響，同心圓歸回原來的位置，箱門依舊紋風不動。

衛方城站在房間外，發出一聲訕笑，「你剩下兩次機會。」

段仕鴻手握拳頭，感覺到掌心一陣刺痛，他攤開手掌，看著那條狐狸項鍊。這是李松嶽入獄那天特地送給狐狸的，一定有它的意義。

他雙眼搜巡過整間房間，櫃子上的東西太多了，他沒時間一一拿起來檢視。他蹲下身來，按著房依靜的肩膀，說：「房依靜，這房間裡的東西，有沒有哪個是李松嶽特別喜愛的？」

房依靜緩緩的搖頭，「這裡都是李大哥的收藏，我看了好幾年了。那黑膠唱片、那地球儀……這裡的一切我都記得一清二楚。咦？」房依靜突然睜大雙眼，盯著那天秤和砝碼看了好一會兒。

「這個東西你有印象嗎？」段仕鴻左右端詳那天秤。

「沒有，不……我是說，我有印象。」房依靜說。

那一剎那，段仕鴻腦中靈光一閃。他明白了。

房依靜曾說，李松嶽最愛將她的體重掛在嘴邊。他是商人，對於數字自然斤斤計較。而這天秤，從她的口氣明顯得知她沒有印象，她選擇隱瞞，因為她不想解開密碼，只想一死了之。

段仕鴻將狐狸項鍊在衣袖上擦乾淨，然後輕輕放到天秤一端，另一端開始放置砝碼秤重。

十一點四八公克。

他看了她一眼，她眼裡有著渴求。但不行，他搖頭拒絕。他還想活下去，他要她也活下去。

「剩兩分鐘。」衛方城的聲音從後方傳來，段仕鴻聽見手槍上膛的聲音。

他擦乾額頭上的汗水，面對著保險箱，伸手依序轉動同心圓，轉成「一一四八」。

保險箱響起「叮」一聲，他心臟也跟著漏了一拍，緊接著一陣機關震動的聲音，齒輪開始轉動，保險箱門緩緩打開了。

他看見一疊厚厚的文件，還有——

一把手槍。

說時遲，那時快，一聲槍響「砰」在耳邊響起。段仕鴻迅速轉過身，看見保鑣手上的槍口正對著他。他右手平舉、上膛、開槍，一氣呵成，「砰」的一聲，保鑣胸口中彈，往後倒在地上。

段仕鴻低頭一看，房依靜倒在地上，右胸口流血不止，剛剛保鑣的第一槍就是射在她身上。他隨手撕下房依靜的袖管，加壓止血，這時卻聽見門口傳來「轟隆轟隆」的聲音。

書櫃正在移動，房間要被關起來了。

他跳起身來，全力向外衝刺。就在門關上的那一秒，他側身穿越門縫，向外撲倒在地上。

他瞥見衛方城從倒地的保鑣手上奪過手槍，也顧不得剛剛撞擊的疼痛，手腳並用的爬起來。他剛站起身，耳邊就傳來衛方城冷冷的聲音。

「別動。」衛方城坐在辦公桌上，拿著手槍指著段仕鴻。他的語氣再沒有剛剛的從容愜意，他的五官憤怒的扭曲。

段仕鴻緩緩走上幾步，也舉起他的手槍。他的右手平穩而堅定，他的表情冷靜而自信。

「我猜，你沒用過槍。」段仕鴻說：「你的手指頭在顫抖，你拿著槍卻比剛剛更加害怕。」

「你以為我不會開槍？」衛方城右手一扣，手槍上膛。

「不會。」段仕鴻也跟他一樣，右手一扣，手槍上膛，「你是生意人，你不會想賭這樣的機率，是我比較準還是你比較準。」

辦公室裡瀰漫肅殺的氣氛，兩人互相瞪視著。突然之間，衛方城「呵呵呵」的笑了起來，笑聲迴盪在偌大的辦公室裡，顯得詭異突兀。

衛方城緩緩放下右手，將手槍放在桌上，「你說的對，我是生意人，我不賭博，但我絕對會有備案。」

他將筆電轉了過來，畫面上是小安房間的監視器。一個女人雙手被綑綁在背後，嘴上貼住膠帶，斜倒在地上，看起來昏迷不醒。

「琬如！」段仕鴻大叫，一顆心彷彿都快要被吼出來。他舉槍的手劇烈搖晃，下巴微微顫抖，再也冷靜不住。

「放了她。」段仕鴻衝上前，將手槍緊緊抵在衛方城的前額，「馬上放了她，馬上！」說到最後兩個字，聲色俱厲，幾乎吼得整間辦公室都在震動。

「你可以現在殺了我，但我留在那裡的保鑣也會立刻殺了她。我已經告訴他，只要不是我第一個走進小安的房間，就立刻殺了范琬如。」衛方城雙手一攤，「你要玉石俱焚，我無所謂。」

段仕鴻臉上變色，將手槍用上了力，在衛方城前額壓出一道凹陷，「你殺了她，我保證絕對會殺了你。」

「嘖嘖，你似乎還沒搞清楚，現在誰是老大。」衛方城手指在鍵盤上敲擊一下，監視器裡的通話系統被開啟，傳來模糊的背景雜音，「阿志，有聽到嗎？」

段仕鴻從監視器裡看見房門被打開，一個壯碩的男人走進去，他的聲音從辦公室的音響傳回來，「是的，衛老闆。」

「那范小姐還昏迷不醒嗎？」衛方城說。

「是的，需要叫醒她嗎？」

「需要，不過該用什麼方法呢？那范小姐身材看起來不錯阿。」衛方城邪惡的笑了。

「閉嘴，你敢傷害她，我立刻斃了你。」段仕鴻拿槍的手劇烈顫抖。

「阿志，有人在威脅你老闆阿，該給他什麼顏色瞧瞧？」衛方城神色自若。

「他罵你一句，我脫她一件衣服。」那男人靠進范琬如身邊，一隻手便去拉扯她的上衣。

「住手，住手！」段仕鴻說。他將手槍放在地上，高舉雙手，「我輸了，好嗎？」

衛方城卻不為所動，任由那男人將范琬如的上衣撕破，露出裡頭的白色胸罩，這才懶洋洋的開口：「好了，阿志，可以住手了。」

段仕鴻臉如死灰，緊咬著下唇。

如果今天受傷害的是他，他絕對不會認輸。但是被威脅的人是范琬如，他沒有辦法反擊，他不能冒任何的風險讓她受到傷害。

「現在，交出竊聽器。」衛方城伸出右手。

段仕鴻只能乖乖將手伸進口袋，掏出一顆牙齒，放在衛方城手心。

「很乖，很乖。」衛方城滿意的點點頭，「現在，拿手槍自盡吧。」

段仕鴻愣在原地，盯視衛方城的雙眼。他的眼神冷酷無情，他不是在開玩笑，他是真的想要自己死。

「自盡阿。你以為我在開玩笑？」衛方城說：「還是你想看那女人再脫一件內衣？」

段仕鴻咬緊牙關，看了范琬如最後一眼，緩緩提起那支手槍，閉上雙眼。
他腦中閃過幾百種逃跑方式，但沒有一種能確保她不受到傷害。
他輸了，徹底的被打敗。
他沒有別的選擇，只剩下死亡。
就在那一刻，「逼逼逼——」的吵雜聲毫無預警的充斥整個空間。辦公室裡電燈瞬間熄滅，四周陷入一片漆黑，所有的電器都斷了信號，連筆電螢幕都暗下來。
段仕鴻猛然睜開眼睛。這不只是停電，是電磁波干擾。
他想都沒想，往前一撲，卻撲到硬梆梆的筆電。衛方城已不坐在辦公桌前。
他抱起筆電，轉身便逃。辦公室的門不知何時被打開了，他雙手扶著門邊，疾奔出去。
一陣熟悉的口哨聲在不遠處傳來，他聽見柯毅豪的呼喚。
「段仕鴻，這裡。」
他循聲跑了過去，柯毅豪用力拉他一把。兩人縮身蹲在樓梯口。
「我爭取了三分鐘。三分鐘之後，這棟大樓會恢復供電，我們要在那之前，逃離這裡。」柯毅豪小聲說。
此時，緊急用電的燈號亮起，綠色的照明燈照亮整座樓層。段仕鴻探頭望，看見衛方城站在辦公室門口，臉滿怒容，手握一台無線廣播器。
「快走。」柯毅豪說，拉著段仕鴻沿著樓梯往下奔跑。
「不行，我不能走。」他突然緊急煞車，害得柯毅豪差點跌倒。
「你在說什麼？你瘋了嗎？」

「他抓走范琬如。如果我跑走了，他會傷害她。」他轉身便要回去。

「我在門外有聽見。但是你不能回去，你回去只是找死。」柯毅豪用力抓住他的手臂，「他剛剛要你自盡，你沒聽到嗎？」

「我……我不能讓她代替我受傷。」他甩脫柯毅豪的手。

柯毅豪指著他手上的筆電，「你身上有筆電，我就有辦法。你忘記我是最強工程師了嗎？」

「一台筆電能幫上什麼忙？」

「任何事。但要先找個安全的地方，你跟我來。」柯毅豪說完急奔下樓。段仕鴻猶豫幾秒，跟在他身後。

就在此時，廣播聲響起，衛方城的聲音如雷一般迴盪在耳邊：「各位周末加班的同仁好，我是董事長衛方城。此次停電純屬技術問題，請大家切莫驚慌，我們已加派人手維修，預計兩分鐘後恢復供電。」他停頓一下，又說：「另外，鼎豐大樓裡有兩名小偷出沒，其中一名身穿黑色西裝。若有可疑的陌生臉孔，請提高警覺，並立刻聯絡總部。」

段仕鴻和柯毅豪對看一眼，內心暗叫不妙。

柯毅豪為了假裝業務，特意穿著黑色西裝。然而黑色西裝在鼎豐大樓裡卻是突兀的存在，大部分的員工為了安檢都穿著簡便的居家衣著。

「你必須換衣服。」段仕鴻說。

兩人在七十層樓停下來，沿著走廊奔跑。兩側的辦公室裡，幾名工程師好奇地抬起頭，透過玻璃窗望向他們。段仕鴻眼角餘光瞥見一間空的會議室，衝了進去，將門上鎖。

「你應該知道，他們會馬上聯絡總部。對吧？」柯毅豪指著剛剛來的方向。

「對，我知道。」

「但你還是決定把我們關在這個小房間裡，坐以待斃？」

「我們怎樣都跑不遠的。而且，必須先讓琬如安全。」段仕鴻將筆電攤開，擺在柯毅豪面前。

柯毅豪咬著牙，說聲「跟他拚了。」捲起衣袖，雙手在筆電上飛快的敲打。

「你要怎麼做？」

「我要在主機植入病毒，癱瘓整棟樓和附近的通訊。」柯毅豪雙眼緊盯著螢幕，在畫面上輸入一堆看不懂的數字和符號。好幾個程式開始執行。

「這能撐多久？」段仕鴻說。

「我不知道。」柯毅豪捶著桌面，對著螢幕上正在奔跑的程式吶喊：「come on，快一點阿。」

外頭傳來一陣多人的腳步聲，然後是一道道門被打開的聲音。有群人拿著手電筒沿著走廊搜尋過來。

「我們該走了。有人來了。」段仕鴻說。

「我知道，但程式還沒跑完。」柯毅豪也是一臉焦急。

耳聽得外頭喧嘩聲越來越近，幾個人大聲嚷嚷「剛剛明明看到在這層樓。」「應該在附近。」「我確定看到有人穿著西裝。」

段仕鴻一雙眼睛在會議室裡左右張望，他知道他們出不去了。他悄悄鬆開會議室的門鎖。

「呼，大功告成。十五分鐘內這棟大樓傳不出任何通訊訊號。」柯毅豪迅速闔上筆電。

下一刻，會議室的門「喀搭」一聲，被打開了。

※

會議室的門打開，手電筒的燈光在狹小的會議室裡轉了一圈。

段仕鴻和柯毅豪縮身躲在桌子底下，椅子的陰影隱隱約約將他們覆蓋。兩人屏住呼吸，一動也不敢動。

「這間也沒人。」一個聲音從門口傳來。

就在門要關上之際，整棟樓層恢復供電。會議室的大燈照亮了每一個角落，包括兩人的藏身處。

段仕鴻閉上雙眼，知道他們躲無可躲，下一秒就會被發現。

「逃出去，救琬如。」柯毅豪一說完，突然從桌子下跳出來。

門外的眾人先是一愣，隨後紛紛大聲叫嚷：「在這裡了。」「別讓他跑了。」「抓住他。」

柯毅豪早有準備，頭一低，就從眾人的手臂縫隙穿出去。他大吼大叫，往走廊另一側狂奔，一瞬間，所有的人都跟隨著他的腳步離去。

段仕鴻眉頭緊皺，雙手握拳。柯毅豪說的對，他必需要逃出去，否則不只范琬如，連他和柯毅豪都會死在這裡。

耳聽見眾人的吶喊和奔跑聲越離越遠，他躡手躡腳地打開門，左顧右盼。員工都被柯毅豪吸引過去了，走廊另一端空無一人。

他拔足狂奔，直往電梯口衝去，瘋狂按著下樓按鈕。電梯已經恢復供電，停留在三十七層樓。

「快阿，快阿。」他暗暗吶喊，緊張的搓揉雙手。

三十八、三十九、四十。他盯著電梯螢幕上的數字，內心焦急的有如熱鍋上的螞蟻。

四一、四二、四三。他回頭張望，赫然發現有個工程師抱著一疊文件，正緩緩向電梯走來。

他立刻就想逃走，才剛踏出一步，突然想起自己也身穿簡約的居家衣服，如果他夠冷靜，也許沒有人會認出來。

他深呼吸、吐氣，擦掉額頭上的汗水，勉強擠出一個微笑，好讓自己看起來更加從容。

那工程師走過來，瞥了他一眼，然後低下頭，忽然間似乎想起什麼，又立刻抬頭看他。

他一顆心劇烈跳動，臉上盡可能不動聲色，直視著那工程師的眼睛。

「你是哪個部門的？沒看過你。」那工程師面露疑惑。

「維修部。剛剛停電，被叫去各個樓層查看。」他雙手一攤，一臉無奈。

「維修部？」那工程師說：「我不記得有這個部門，那是在幾樓？」

「平常是沒有。」他乾笑兩聲，「平時都說什麼尊重專業、高價聘請工程師，說得多麼好聽。但是當緊急狀況時，管你什麼博士學位、碩士學位，還不是都要給我去修電燈、修水管。」

「那倒也是。這次停電真的是毫無預警，好幾個同事檔案做到一半都沒存檔，這下欲哭無淚了。」

「唉，我也是受害者之一。」

那工程師壓低聲音，說：「我聽說，這次停電是兩個間諜造成的。他們想偷竊鼎豐集團的機密資料。」

「是喔？原來如此。」

電梯門終於打開，他稍稍鬆一口氣，快步走進，按了一樓的按鈕。那工程師也跟著進來，按了十五樓。

「你要下班了？」那工程師一臉羨慕。

「嗯。」他不置可否，悄悄向角落移動幾步，避開監視器的視線。

「真好。對了，說了一堆，還沒問你叫什麼名字？」

「你呢？」他努力地擠出微笑，恨不得電梯能光速下降，「我也忘記問你叫什麼名字。」
「我是研發科的李志明。叫我小明就好。」
「小明？你就是研發科的小明？」段仕鴻擺出一個看見偶像的神情，眼角餘光瞄著電梯樓層。四十三樓，再撐幾秒就好。
「你聽過我的名字？」李志明露出靦腆的笑容，伸手抓抓頭，「你怎麼會聽過我的名字？」
「我當然聽過阿。聽說你很厲害，什麼疑難雜症都難不倒你。」
「哈哈，沒有啦，是大家過獎了。那你呢，你叫什麼名字？」
「我叫洪仕端，是……那個光電部門。」他隨口胡謅。
「光電部門？那是新成立的嗎？我沒聽過——」
此時，電梯在二十一層樓停住。一個矮矮胖胖的工程師搖晃著走進來，和李志明互打招呼。
「我突然想起有件事沒做。」段仕鴻說，頭也不回地衝出電梯。他無法再瞎掰下去，說越多只怕露出越多破綻。
他衝到樓梯口，開始繞著樓梯往下奔跑。他三步併兩步的跑著，終於抵達一樓。
他推開緊急逃生門，頭悄悄往外探出，赫然發現不遠處的電梯門口，直挺挺站著兩個全副武裝的警衛。好險！若不是剛剛逃出電梯，他現在就是自投羅網。
他調勻呼吸，推開門走出去，壓低了頭，刻意繞過警衛的視線。他快步穿越出口的走廊，離大廳僅差一步。
他一顆心「撲通、撲通」的狂跳，腳步越來越快。他知道快成功了，只要到了大廳，就能逃出去。這一切就結束了。

然而當他穿過側門，看見大廳的那一剎那，他卻驚呆在原地，心裡罵了好幾遍髒話。

有史以來第一次，大廳的大門被關上了。就連半夜都從未關閉過的鼎豐大樓，如今只留下一個側門開放出入。側門前方，駐守著五名高大壯碩的警衛，以及——

衛方城。他就站在側門的正前方，兩眼如鷹監視著進進出出的人。

段仕鴻慌忙轉身。但一切都太遲了。

衛方城已經看見他。一瞬間，三名警衛撲向他，將他打倒在地。他奮力反抗，但仍被緊緊壓制住，動彈不得。

大廳上的人議論紛紛，向他指指點點。

「放手，放手。」段仕鴻說：「這大廳上有這麼多人做見證。你真不怕法律制裁嗎？」

「這我才要問你吧。你到底是哪裡派來的間諜，破壞我鼎豐的電力，截斷我鼎豐的通訊，偷取我鼎豐的機密資料。現在還想要逃之夭夭？」衛方城雙眉豎起，聲色俱厲。

段仕鴻哈哈大笑，大聲說：「你就報警吧。誰對誰錯，我們警局見真章。」

「你明知道現在方圓百里無法對外通訊，才叫我報警。想拖時間，門都沒有。」衛方城下巴輕輕一點，兩名警衛將段仕鴻從地上拽起來，拖離大廳。

「救我，救我。拜託幫我報警。」段仕鴻雙腳抵在地上，奮力抵抗。

就在此時，側門外傳來一個熟悉的聲音，一字一句打在段仕鴻的心上。此時此刻，是如此的悅耳動聽。

「你好，我是三如分局的謝英。十分鐘前接到報警電話，說鼎豐大樓有事發生。」

衛方城龐大的身軀擋住門口，露出親切的笑容，「謝警官你好，不過我想那應該是誤會，我們這裡

——」

「謝英，救我！」段仕鴻用盡全力大吼。

謝英耳朵豎起，猛然推開衛方城，衝進大廳，看見段仕鴻被警衛制伏，全身上下傷痕累累。

「我是警察。放開他。」謝英命令。

趙明謙和另一名警察也跟著衝進大廳，站在謝英身後。兩人緊握手槍，站在兩旁全神戒備。

警衛先是一愣，才緩緩放脫雙手。段仕鴻全身癱軟的倒在地上，謝英衝過去扶起他。

「謝英，是他，他才是兇手，害死李山河的真正兇手。」段仕鴻指著衛方城。

「你在說什麼？兇手何小龍不是已經死了嗎？」謝英說。

「不，兇手是他。他剛剛抓走范琬如和柯毅豪，狐狸也受到重傷，我們快去救他們。」

「狐狸？你找到她了？」謝英說。

「她胸口中一槍，躺在七十八樓的辦公室。你快去救她。」

「什麼？她……」謝英轉過頭面對衛方城，臉色嚴肅，「衛老闆，很抱歉，我必須到七十八樓查看。」

衛方城雙手交叉在胸前，搖了搖頭，「很抱歉，謝警官。如今看來你和段先生是一夥的，我沒辦法信任你，我拒絕你的請求。」

「我只是稍微查看一下，沒有惡意。如果沒有此事，那更證明了你的清白。」謝英說。

「我拒絕。想搜索，去申請搜索令吧。」衛方城揮揮手，轉身離去。

突然之間，一個聲音響遍整座大廳，一段對話清清楚楚的迴盪在空氣中：

「我是不成了……段醫師，你就讓我死在這裡。這裡是李大哥最愛的收藏室，我在這裡，感覺有他陪著，什麼都不怕了。」

「衛方城，你到底想怎樣？」

「沒怎樣，我只是請她幫我解開那保險箱的密碼。她不願配合，寧願自討苦吃。」

「我寧願死了，也絕對不會幫你這人渣如願以償。」

「我說過了，只要你不解開密碼，每隔一個小時，就在你身上劃一刀，一次比一次更深。現在，一個小時又到了。」

眾人一片驚愕中，看見段仕鴻高舉一個牙齒竊聽器。所播放的，正是剛剛在辦公室裡，衛方城、段仕鴻和房依靜三人的對話，一字一句如此清楚明白，如一記重拳狠狠打在衛方城臉上。

衛方城臉如死灰，從口袋拿出方才段仕鴻給他的牙齒，看了一眼，用力丟擲出去。他踉蹌地後退兩步，哈哈大笑，「好，好一個偷天換日，好一個段醫師。好，好——」他越笑越大聲，越笑越瘋癲，到後來笑到眼淚都流出來，「好，好，我費盡心機，終於在今天解開了保險箱。就在今天，我終於得到了三百五十億的資產，有一輩子花不完的錢。哈哈，然後，就在今天——」

衛方城話聲倏然停止，說時遲，那時快，他迅速舉起手槍，朝段仕鴻扣下板機。「碰——」子彈如流星劃過，直逼眼前，段仕鴻避無可避。

「小心——」謝英飛身跳起，撲倒段仕鴻。子彈正中她左胸口。

「謝英。」段仕鴻和趙明謙同時大叫。兩人一齊衝到謝英身邊，去查看她的傷勢。

謝英緊咬牙齒，手壓著左胸口，一臉痛苦。

「謝英，謝英，你別死。」段仕鴻感覺喉嚨乾渴，脖子彷彿被什麼卡住了。

「好痛。」謝英一手撐地，緩緩坐起身來，「雖然穿了防彈衣，子彈打在身上還是好痛。」

「你沒事。」段仕鴻笑了出來，「你沒事，還好你沒事。」

「對，我沒事。衛方城你完蛋了，你又多了襲警和殺人未遂的罪名。」謝英站起身，往衛方城走去，他已被另一名警察制服，雙手反銬在背上。「衛方城，你他媽的跟我回警局。」

謝英轉頭向趙明謙和另一名警察說：「去七十八樓，救狐狸，並馬上聯絡救護車待命。還有那個報警的柯毅豪，也找出他的下落。」

「是。」那警察領命，立刻往大廳內側跑去。

「還有范琬如，她被困在鴻品的三樓。」段仕鴻說。

趙明謙拿起手機和呼叫器，「這附近沒有收訊，我必需要去兩條街外才能打給救護車。」

「馬上執行，並請求警方支援。還有救出范琬如。」謝英說。

※

一台警車在街道上飛馳而過，不鳴笛、也不停紅燈，直直穿越過好幾個路口，奔向鴻品牙醫診所。

段仕鴻坐在副駕駛座上，雙手緊緊互握，祈求范琬如能平安無事。恐懼將他淹沒，他從沒如此害怕過，害怕失去她，害怕她受到一丁點的損傷。

這一刻，他才明白他有多在乎她。如果她平安，他會用一輩子守護她，保護她遠離這些風風雨雨。

「你沒事吧？」趙明謙看了他一眼，眼神憂心。

「沒事，我只是……很擔心。」

「不會有事的。我第一時間就會制伏那保鑣，不讓他有任何下手殺害范小姐的機會。」趙明謙拍胸脯保證。

「我知道。」段仕鴻點點頭。他有些話沒說出口，他擔心的不只這些，那保鑣看起來就像流氓，萬一他起了惡念，萬一他……

「鴻品牙醫診所」的招牌出現在眼前，警車在轉角停下來。

「停在這裡，他才不會發現警察來了。跟我來。」趙明謙帶領著他，兩人悄悄奔向鴻品門口。趙明謙左顧右盼，確定沒人，這才直奔三樓。

趙明謙持槍在胸前，向他比了一個前進的手勢。他小心翼翼地拿出三樓鑰匙，插入門鎖，「喀——」一聲輕響，門打開了。

趙明謙緩緩推開大門，裡頭一片漆黑，伸手不見五指。兩人悄悄踏步進去。

「記得房間位置嗎？」趙明謙小聲說。

「記得。」段仕鴻緩緩往右側移動，一直到手指摸到牆壁，這才沿著牆壁往前直行，來到小安的房門口。

他深深吸一口氣，轉開房門。暈黃的月光透過窗戶投射進來，隱約可見床上倒著一個纖細的人影，她的衣衫凌亂不堪，雙手反綁在背後。

「琬如！」段仕鴻衝向前將她扶起來，緊緊抱在胸口。

范琬如緩緩睜開雙眼，虛弱的說：「段仕鴻，你沒事。太好了。」

「我沒事。對不起，讓你受委屈了，你……你……」他語氣顫抖，再也說不下去。

「我沒事，我沒事。」范琬如勉強擠出一個微笑。

「他……他沒有對你……對你……」

范琬如明白他的意思，搖搖頭說：「沒有。」

段仕鴻大大鬆了一口氣，用力親吻范琬如的額頭，「還好你沒事，不然我真的會愧疚到殺了自己。我不應該叫你來的，我沒想過這有多危險。對不起，對不起。」

「沒關係。段仕鴻，你聽我說，我們還有一件更重要的事。小安說，衛方城有個共謀。小心——」范琬如猛然睜大雙眼，似乎看見什麼可怕的事。

段仕鴻來不及回頭，一塊布已經遮住了他的口鼻，他雙腿一軟，倒在地板上。

一個人影彎下腰，從段仕鴻口袋搜出竊聽器，放入自己懷中。

那人頭上戴著一個小丑形狀的頭帽，緩緩走向范琬如。范琬如驚聲尖叫，那人粗暴的抓住她下巴，另一手拿著那塊沾滿迷藥的棉布，便要往她臉上蓋下。

突然間，亮光一閃。范琬如雙手不知何時已經鬆綁，她手持一把美工刀，擋在胸前。

「不要過來。」范琬如大聲說，語氣裡恐懼多過於威脅。

那人放下棉布，伸手來奪刀。他動作實在太快了，范琬如來不及反應，那人已經緊緊扣住她手腕，他手指一夾，美工刀被他輕鬆奪過。

那人拿起棉布，又要往范琬如臉上蓋去。范琬如低下頭，從他臂彎裡穿過，跌跌撞撞的跑向房門口。那人向前跨一大步，伸手便勾住范琬如的脖子。

范琬如大聲呼叫，雙腳亂踢，卻怎麼都掙脫不了。眼看那塊棉布就要壓上她的口鼻，突然間，「砰——」的一聲巨響，一個重物砸中了那人的腦袋。那人身體一晃，重重倒在地上。

范琬如跌坐在地上，大口喘氣。她抬起頭，看見段仕鴻站在身後，緩緩放下手上的除濕機。

「你沒被迷昏？謝天謝地。」范琬如衝進段仕鴻懷裡，將臉埋在他胸口，眼淚再也止不住。

「沒事了，沒事了。」段仕鴻緊緊抱住她，撫摸她的秀髮。

「快把他綁起來。」范琬如走到牆邊，打開房間的燈。

那人頭戴著頭套，面朝下方倒在地上。段仕鴻在書桌上找到膠帶，將那人雙手緊緊綑綁在背後，然後將他翻過身來。

他看見那人衣服上的金色徽章，心中一片冰冷。他顫抖著手，緩緩掀開那人的頭套。范琬如深吸一口氣，用手遮住了嘴，不敢置信。

倒在地上那人，不是別人，正是趙明謙。

是他。段仕鴻腦中一陣暈眩，向後一倒，靠在床緣。

警車的鳴笛聲將他淹沒。結束了，他靜靜闔上雙眼，感覺全身上下痠痛到不行。

這一切終於結束了。

第十四章　真相

「我還是不敢相信是他。」范琬如坐在病床一側的椅子上，搖著頭說。

「是他。只有是他，這一切才說得通。」段仕鴻坐在范琬如對面，一臉平靜。他手上、腳上都纏滿繃帶，左膝蓋上還覆蓋著一包冰敷袋。

「怎麼說？」柯毅豪含糊不清的說。他的右臉頰高高腫起，眼眶下有著明顯的黑色瘀青，手上拿著一包冰敷袋甩來甩去。

「我之前一直想不透，為什麼丁志鵬命案時，那台筆電會憑空消失。又為什麼兇手明明前一刻還在我面前，而下一秒警車到達時，卻沒抓到任何逃出的人。」段仕鴻說。

「因為兇手便是警察。他可以把筆電藏在公事包，光明正大的帶走，而不受到任何的盤查。」范琬如接口。

段仕鴻點點頭，「沒錯。他本來要下手殺我，但聽見警笛聲響，於是他去而復返，假裝第一時間趕到現場，及時拯救我。又有誰會懷疑自己的救命恩人，竟然就是想殺了自己的人？」

「那車禍呢？他不是差點害自己被撞死。」柯毅豪說。

「他唯恐葉凡芯聽過竊聽器的錄音檔，於是和衛方城聯手製造假車禍。又有誰會比他自己更了解，他會在什麼時間經過什麼路線。」段仕鴻說。

「說的也是。時間點抓得那麼精準，必定有鬼。」柯毅豪說。

「他來到約定的小巷，看見摩托車擋在路中，立刻下車盤查。如此一來便可巧妙避開車禍。」段仕鴻將冰敷袋換到右腳膝蓋。

「那何小龍呢？他為什麼要跟蹤你？」范琬如說。

「這我也想不透，他的目的是什麼。」段仕鴻搖搖頭。

「他想求救。」病房的門敞開，謝英手上提著水果籃走進來。她將水果放在床頭，看了一眼躺在病床的房依靜，輕聲說：「狐狸醒了嗎？」

「醒過了。但她很累，又睡著了。」范琬如說。

謝英點點頭，「她沒事就好。」

「你剛剛說，何小龍跟蹤我是為了求救？」段仕鴻一臉不解。

「嗯，趙明謙認了。他說在丁志鵬命案那晚，何小龍看見他在行兇。他追上去，但被何小龍逃掉，他當時不知道是誰，直到你報警說有人在跟蹤你。」謝英順手拉了一張椅子坐下，「何小龍知道他不能說出去，否則將有生命危險，他更不能報警，因為他看見兇手便是警察。一直到葉凡芯蒙冤，即將受審入獄，他受不了良心的譴責，決定找你，告訴你真相。」

「而我卻以為被跟蹤，報警讓趙明謙得知車牌號碼。趙明謙查到何小龍的身分，第一件事便是殺他滅口。」段仕鴻說。

「恰巧隨著命案調查規模越來越大，他開始想抓隻代罪羔羊。那天晚上，他跟蹤去偷行車紀錄器的何小龍，進入顏如惠的家。他先打暈何小龍，又打昏後來進屋的顏如惠，計畫殺了她，然後嫁禍給何小龍。」謝英說。

「結果不知為何，被何小龍給逃出屋子。」段仕鴻說。

「是你的那通電話。」謝英下巴朝段仕鴻點了一下，「趙明謙接起你的電話，一時不注意，讓何小龍從他身上偷走手槍。兩人發生扭打，擦槍走火，何小龍趁亂逃了出來。」

「而我那時竟然傻到以為他是兇手，上前制伏他。原來……他最後舉起手槍，不是為了殺我，是要射殺站在我身後的趙明謙。」段仕鴻回想起那晚的情景，說：「唉，如果不是我，何小龍也不會死了。」

「如果不是你，何小龍也不會有機會逃出來。總之，這不是你的錯，這一切都是趙明謙那王八蛋一手造成。李山河、李晴、丁志鵬、何小龍的死亡，全都是那該死的衛方城和趙明謙的陰謀。而我居然毫無知覺，惡魔就在我身邊。」謝英越說越憤慨，說到最後手握拳頭，用力敲一下桌子。

「他們認罪了嗎？」范琬如說。

「嗯，都認了。畢竟罪證確鑿。竊聽器裡錄到一段他們在共謀殺人和分錢的對話，想賴也賴不了。另外，李山河的鑰匙上的不明指紋，經比對發現屬於趙明謙，更不用提我們在他鞋底，發現我的血跡DNA。」

「他鞋底為什麼會有你的……」段仕鴻及時住口，他想起謝英鼻子上貼著繃帶的那段日子。謝英給了他一個殺氣的眼神，示意他別再說下去。

「我實在搞不懂，趙明謙好好一個警察，為何甘願放棄大好前程去當打手？」柯毅豪說。

「錢。」謝英說：「他幾年前開始簽賭，欠了好幾千萬，偶然的機會下，遇到了衛方城，當時還是李松嶽身邊的左右手。衛方城對他說，只要他願意幫忙，他會給他豐厚的回報。兩人一拍即合，開始籌劃如何殺了李松嶽一家人，奪取董事長的職位。」

「為了錢，不惜殺了一家三口，衛方城可真夠狠。」柯毅豪搖搖頭。

「不只是為了錢。」范琬如突然插口。

「那是什麼？」謝英說。

「復仇。」范琬如頓了一下，「我被抓走的時候，小安跟我說，衛方城要殺李松嶽，不只是為了錢，更是為了他父母。」她點開李山河手機裡的照片，也就是衛方城放在辦公桌上的那張。照片中一對父母抱著開心的小男孩。

「這是衛方城的父母，他們是優秀的工程師，白手起家創辦公司，生意興隆。過了幾年，他們遇到李松嶽這個年輕人，他自稱是經理人，想要合夥管理這間企業，衛方城父母欣然接受了他。然而，李松嶽卻趁此機會，一步步掌管公司，最後利用詐欺等方式，騙走公司所有權。這間公司，後來改名成鼎豐企業。」范琬如說。

眾人都沉默著，只剩下房依靜沉重的呼吸聲，迴盪在空氣中。

「衛方城父母一夕間失去所有。他父親自此藉酒消愁，終日渾渾噩噩，最終出車禍而死。他母親生了一場重病，再也沒醒過來，只留下一個十三歲的小男孩。」

謝英別過頭，「我知道這件事，這是李松嶽入獄的罪名之一。」

「光是『入獄』這個懲罰，對衛方城而言，顯然還不足以洩心頭之恨。他發誓要報仇，要血債血還。他去應徵鼎豐基層員工，憑著他過人的表現，一步步往上爬，得到李松嶽的信任。只是他空有腦袋和金錢，但沒有殺人的本事，終於在這時候，遇上趙明謙。」范琬如說。

段仕鴻嘆了一口氣。誰是誰非，終究是一場解不開的死結。

就在此時，病房的門再度敞開，小安手拿點滴走了進來。段仕鴻和范琬如對視一眼，眾人默不作聲，氣氛突然一陣尷尬。

小安熟練的換完點滴，向眾人點點頭，轉身離開。
房門再度關上。謝英轉頭對范琬如說：「你確定要放過小安？」
范琬如點點頭，「她也是可憐人，更何況，她救了我。」
「她救了你？怎麼說？」謝英說。
「我被綁架的時候，那保鑣一直想來脫我衣服，對我毛手毛腳。」范琬如咬著嘴唇，一臉屈辱。
段仕鴻伸手輕拍她的肩膀，說：「沒關係，已經沒事了。」
「還好小安衝進來阻止他。小安說，她不能允許我受到侵犯，叫他滾出去，那保鑣一臉不情願，但還是走了出去。兩人在門外大吵一架，突然間又一片安靜。我那時……真的很害怕，怕的是小安若自身難保，我也逃不了。」
「別怕。衛方城的女人，一定有些手段。」柯毅豪說。
「還好後來是小安跑進來。她說她勸說無效，只好下藥迷昏保鑣。」
「難怪我們後來在儲藏室裡，找到那個昏迷不醒的保鑣。」謝英恍然大悟。
「小安怎麼乾脆不放了你？」柯毅豪說：「害段仕鴻為了你，差點連命都不要。你真該看看他那一心尋死的蠢樣子。」
范琬如微微一笑，臉頰上浮現一抹紅暈，說：「仕鴻，謝謝你。我……」
「唉唷，改叫仕鴻囉。好親密阿。」柯毅豪撞了一下段仕鴻的臂膀，段仕鴻卻只是抓著頭傻笑。
范琬如害羞的別過頭，說：「我也求小安放了我，但她說她還是衛方城的女人，不能背叛他。她只能保護我，卻不能放我走。」
「哼，說的這麼好聽，最後還不是逃出屋子了。」謝英說。。

「也許，她最後還是逃不過良心的譴責吧。若不是這樣，怎能躲過共犯的罪名。」段仕鴻說。

「衛方城的女人，果然有些手段。」柯毅豪意味深長的點點頭。

「那樣也好，給了我很長的時間，用桌上摸來的美工刀，慢慢割斷手上的膠帶。要不是這樣，我怎麼逃過趙明謙第一時間的迷藥攻擊。」

「閉氣。」段仕鴻說：「迷藥是透過吸入的方式作用。只要在被遮住口鼻的一瞬間停止呼吸，沒吸入就沒事了。我就是這樣，才逃過一劫。」

范琬如笑了出來，「原來你那時候是裝死，害我以為只剩我一個，怕的要命。」

「抱歉，我應該跟你先套好招的。」段仕鴻吐吐舌頭。

「居然還有閉氣這招，你怎麼不早點說，我就不會著了他的道兒。」謝英面有怨色。

「我也是經過那次生死關頭，才想出來的。我對自己說，絕對不會再犯同樣的錯誤，任何事都是。」段仕鴻說。

「說得好。這提醒了我，我該快點把我哥『借』給我的無線延長線拿去還，不然被他發現，他可要把我大卸八塊了。」柯毅豪說。

范琬如「噗哧」一笑，說：「聽起來他『借』得很不甘願阿。」

「可不是嗎？他連點頭都不願意呢。」

第十五章　兩年後

（兩年後）

「叮叮噹——」的下課鐘聲響起。范琬如站在小朋友圍成的圓圈裡，舉起手上的魔術棒，大聲宣布：「放學囉！今天就玩到這裡，大家收拾好書包，就可以跟小咪老師一起去門口等爸媽囉。」

小朋友發出歡樂的嘻笑，然後一齊拍手，此起彼落的說：「謝謝老師。」

范琬如微微一笑，收拾好課本，走向門口的小咪老師。

「他們，交給你了。」

「看到你願意回來教課真好，你看他們玩得多開心。」小咪老師說。

「我也這麼覺得，回來教課真好。」范琬如說。

「那麼，什麼時候要回來當班導師阿？」

「可能等明年，或是後年。」范琬如露出靦腆的表情，「最近比較忙。」

「忙著規劃婚禮嘛，我知道。」

「那就再見囉。」范琬如揮揮手，「我的婚禮，你要來喔。」

「安啦，我一定會去喝一杯的。」小咪老師比了一個「讚」的手勢。

范琬如在辦公室裡收拾好東西，整理衣著，補了一層淡妝。她走出校門口，一如以往的經過香氣四溢的咖啡店，穿越兩個十字路口，然後走上天橋跨越馬路。

「小姐，小姐。」一個蒼老卻宏亮的聲音叫住了她，「我看你頭上烏雲罩頂，恐有大劫降臨，是否要來算上一卦？」

范琬如轉過頭，看見一個老人身穿道士服，坐在木板桌前，桌前還立了一支「鐵口直斷」的牌子。

「是你。」范琬如心中一驚，睜大眼睛瞧著他。

「你認得我？」那老人挑高眉毛。

「沒事，我認錯人了。」

范琬如下了天橋，走了一段路，終於到達目的地。她推開門，聽見熟悉的鈴鐺聲響。

「歡迎光臨。」櫃台的助理抬起頭，看到來人，臉上露出笑容，說：「范小姐，你等一下。段醫師看診已經結束，正在跟會計師討論補報稅的事情，等會就下來。」

「不急，小潔，我要告訴你一件事。你猜我剛剛在來的路上遇到誰？」范琬如手肘輕靠在櫃檯上。

「遇到誰？嗯……看你神祕成這樣，應該是遇到帥哥吧。」小潔撫摸著下巴，突然間大力拍手，眼裡流露著期待，「阿，該不會是想介紹給我吧？」

「都不是，我遇到那個陳師傅。」范琬如說。

「陳師傅？你說我的前老闆？」小潔睜大眼睛。

「對，你猜他現在改行做什麼？」

「嗯……」小潔搖搖頭，「猜不到，你快告訴我。」

「他在路上擺攤算命，桌子前還立著一個『鐵口直斷』的牌子呢。」

「哇，還好我跳槽了，不然我現在就要站在一旁當搧風的小書童了。」

兩人談笑間，段仕鴻走下一樓。他看見范琬如，眼睛為之一亮，笑著攬住她的腰間，說：「今天穿這麼漂亮，是要去拍廣告嗎？」

范琬如微微一笑，說：「因為要跟你出門阿。」

「哎呀，我突然看不到了。」小潔伸手遮住眼睛，「都訂婚了，還要這麼放閃阿？」

「你看起來心情很好。」范琬如說。

「當然。那些稅務問題總讓我頭暈腦脹，現在有個會計師來處理，既節稅又省時，我也樂得輕鬆。」

「這就叫術業有專攻。」范琬如說。

「唉，」段仕鴻搖搖頭，「若是兩年前我就明白這個道理就好了。我什麼稅務都不懂，也不懂得請教……會計說，以我當時的狀況，根本不需逃漏稅，只要換個報稅方式就好了。現在想想，我當時可真傻。」

「段醫師，你傻人有傻福阿。」小潔插嘴說：「不然你就遇不到范小姐和可愛的小潔了。」

「前半段我同意。」段仕鴻眨眨眼。

房依靜拿著一袋垃圾，從樓上走下來，說：「原來是琬如來了，難怪段醫師剛剛收拾得這麼快。」她整個人瘦了一圈，身材凹凸有緻，臉上精神煥發，彷彿恢復了往日的光彩。

「我們等等要去慶祝謝英晉升三如分局副局長。怎麼樣？房東大人，要不要一起來？」范琬如說。

「不行，我今天晚上有……有事。」房依靜低下頭，臉頰泛紅。

「唉唷，約會喔？又是哪個年輕小夥子？」段仕鴻說。

「就上次那個來植牙的高個兒阿，他後來就跟我要電話。」房依靜扭捏的說。

「好啦，那就不打擾你約會了。」段仕鴻牽起范琬如的手，「先走了，幫我跟他問好。」

「你也幫我跟謝英問好，」房依靜揮揮手，「幫我恭喜她，真的，她值得那個位置。」

「我會的。」段仕鴻不回頭，伸手在空中輕揮。

「還有我阿，」小潔也跟著揮手吶喊，「幫我跟柯帥哥問好，順便問問他可不可以給我他的電話。」

※

鵝黃色的燈光流溢，優雅的爵士樂流動。傍晚的夕陽斜照著「歸人酒吧」，門口上掛著「今日包場」的牌子。人潮湧進，顯得熱鬧非凡。

段仕鴻牽著范琬如的手，一踏進大門，就看見身穿龐克裝的柯毅豪，手上拎著兩瓶酒，和一大群警察勾肩搭背，一齊放聲唱歌。

「唷，看看誰來了。」柯毅豪大聲說，試圖蓋過現場的喧嘩聲，「是大偵探段仕鴻，還有最正的女神范琬如！」

桌旁吆喝划酒的警察紛紛抬起頭，拍手叫好。段仕鴻一邊笑著揮手，一邊左右打量，十幾桌的警察裡，唯獨沒看見謝英。

「來阿，愣在那裡幹嘛？」柯毅豪向兩人招手。

「不是說好六點派對開始，你們怎麼五點半就開喝了？」段仕鴻看了一眼手錶。

「早起的鳥兒有蟲吃，早來的警察有酒喝。」柯毅豪說著，在兩人手中各塞了一個酒杯，「儘量喝，今天鼎豐副董事長說要請客。」

「房依靜？她已經房租算我一半了，怎麼還三不五時請客？」段仕鴻說。

就在此時，門口響起一陣騷動。一身藍色制服的謝英，立正站在門口，看見這麼多人，似乎顯得有些不自在。

「謝警官，喔，不是，是副局長來了！」警察群中有人發出歡呼。

「謝副局長，恭喜你。」

「謝副局長，乾啦！」

「謝副局長，快來！」

一大群人一擁而上，將謝英簇擁進來，很快她手上就被塞了一杯斟滿酒的酒杯。

警察們高舉酒杯，一齊看向謝英，期待謝英開口說些什麼。

沉默了三秒，謝英開口，發出和段仕鴻一樣的疑問：「不是說好六點派對開始，你們怎麼五點四十就開喝了？」

（全書完）

要推理54　PG2074

要有光
FIAT LUX

牙醫偵探：
螯米殺機

作　　者	海盜船上的花
責任編輯	陳慈蓉
圖文排版	周妤靜
封面設計	蔡瑋筠

出版策劃	要有光
發 行 人	宋政坤
法律顧問	毛國樑　律師
印製發行	秀威資訊科技股份有限公司 114台北市內湖區瑞光路76巷65號1樓 電話：+886-2-2796-3638　傳真：+886-2-2796-1377 http://www.showwe.com.tw
劃撥帳號	19563868　戶名：秀威資訊科技股份有限公司 讀者服務信箱：service@showwe.com.tw
展售門市	國家書店（松江門市） 104台北市中山區松江路209號1樓 電話：+886-2-2518-0207　傳真：+886-2-2518-0778
網路訂購	秀威網路書店：https://store.showwe.tw 國家網路書店：https://www.govbooks.com.tw
總 經 銷	聯合發行股份有限公司 231新北市新店區寶橋路235巷6弄6號4F 電話：+886-2-2917-8022　傳真：+886-2-2915-6275

出版日期	2018年7月　BOD一版
定　　價	310元

國家圖書館出版品預行編目

牙醫偵探 : 薏米殺機 / 海盜船上的花作. -- 一
版. -- 臺北市 : 要有光, 2018.07
面 ;　公分. -- (要推理 ; 54)
BOD版
ISBN 978-986-96321-4-0(平裝)

857.81　　107008345

讀者回函卡

感謝您購買本書，為提升服務品質，請填妥以下資料，將讀者回函卡直接寄回或傳真本公司，收到您的寶貴意見後，我們會收藏記錄及檢討，謝謝！

如您需要了解本公司最新出版書目、購書優惠或企劃活動，歡迎您上網查詢或下載相關資料：http:// www.showwe.com.tw

您購買的書名：＿＿＿＿＿＿＿＿＿＿＿＿＿＿＿＿＿＿＿＿＿＿＿＿＿

出生日期：＿＿＿＿＿年＿＿＿＿＿月＿＿＿＿＿日

學歷：□高中（含）以下　□大專　□研究所（含）以上

職業：□製造業　□金融業　□資訊業　□軍警　□傳播業　□自由業

□服務業　□公務員　□教職　□學生　□家管　□其它＿＿＿

購書地點：□網路書店　□實體書店　□書展　□郵購　□贈閱　□其他

您從何得知本書的消息？

□網路書店　□實體書店　□網路搜尋　□電子報　□書訊　□雜誌

□傳播媒體　□親友推薦　□網站推薦　□部落格　□其他＿＿＿＿＿

您對本書的評價：（請填代號　1.非常滿意　2.滿意　3.尚可　4.再改進）

封面設計＿＿　版面編排＿＿　內容＿＿　文／譯筆＿＿　價格＿＿

讀完書後您覺得：

□很有收穫　□有收穫　□收穫不多　□沒收穫

對我們的建議：＿＿＿＿＿＿＿＿＿＿＿＿＿＿＿＿＿＿＿＿＿＿＿＿＿

＿＿＿＿＿＿＿＿＿＿＿＿＿＿＿＿＿＿＿＿＿＿＿＿＿＿＿＿＿＿＿＿

＿＿＿＿＿＿＿＿＿＿＿＿＿＿＿＿＿＿＿＿＿＿＿＿＿＿＿＿＿＿＿＿

＿＿＿＿＿＿＿＿＿＿＿＿＿＿＿＿＿＿＿＿＿＿＿＿＿＿＿＿＿＿＿＿

請貼
郵票

11466
台北市內湖區瑞光路 76 巷 65 號 1 樓
秀威資訊科技股份有限公司 收
BOD 數位出版事業部

(請沿線對折寄回,謝謝!)

姓　　名:＿＿＿＿＿＿＿＿　年齡:＿＿＿＿　性別:□女　□男

郵遞區號:□□□□□

地　　址:＿＿＿＿＿＿＿＿＿＿＿＿＿＿＿＿＿＿

聯絡電話:(日)＿＿＿＿＿＿＿＿＿＿(夜)＿＿＿＿＿＿＿＿＿＿

E-mail:＿＿＿＿＿＿＿＿＿＿＿＿＿＿＿＿＿＿